# Et elles passèrent sur l'autre rive

ISBN : 978-2-84024-679-4

Société des œuvres communautaires, décembre 2013
Conception de la couverture : mc-design – Martin Casteres
Illustration de couverture : © Collection Dagli Orti / Musée des Beaux Arts Lyon / Gianni Dagli Orti
Louis JANMOT (1814-1892) : L'envol de l'âme - série du « Poème de l'âme » - 1847

Françoise Landrot

# Et elles passèrent sur l'autre rive

roman

Aux Quatre Vents

EdB

*À Jean,*
*l'écho d'un silence.*

*À Jean-Jacques,*
*ma renaissance.*

# Première partie

# 1

## Monastère de l'île Barbe,
## Lyon, février 1245

*Je suis devenue silencieuse pour que le silence me chante sa mélopée ; alors je discerne le murmure du secret trop lourd, comme je discerne le murmure des pierres, le murmure des morts et celui de Dieu.*

*Je suis devenue douleur pour que l'appel désarmé des êtres souffrants trouve écho en mon abîme.*

*Ma quiétude étayée d'invisibles forteresses, patiemment édifiées jour après jour, recueille le temps et les vivants, et, dans la paix de ma nuit, je berce le monde.*

*Séparée des hommes, mais à travers ma fenestrelle, passent, avec la pitance frugale, les demandes d'intercession et c'est le courant fluide de la vie qui traverse ce mince carré de lumière. De l'ombre souterraine ma prière prend son vol, dès l'aube elle monte au ciel comme l'alouette au cœur de l'été souverain.*

*Avec la même ivresse de Dieu et la même soif d'absolu que les anachorètes sous l'implacable soleil d'Égypte, je suis Mathilde, la recluse, murée en sa cellule. Pour toujours l'obscurité, pour toujours la solitude, seul un étroit passage pour l'eau et le pain quotidien me relie au cloître et par-delà au monde. Tout autour l'abbaye de l'île Barbe est encore ce lieu feutré où s'échangent à mi-voix des paroles fraternelles, où se rejoignent des mains chaleureuses. Et pourtant... les turbulences des hommes, cris et rires, joies et peines sont déjà tellement tamisés.*

*J'aurais pu devenir abbesse, chez les bénédictines, ou me retirer dans un béguinage, en conservant quelque indépendance, mais je suis de celles qui sont aimantées par les extrêmes, reculent les déserts et l'horizon aux approches de l'infini, alors j'ai choisi le renoncement inconditionnel au siècle.*

*Pourtant, aujourd'hui, je me demande encore de quel labyrinthe ont surgi mes décisions en apparence si limpides. Est-ce que j'ai choisi ou est-ce que mon consentement fut une impasse obligée ?*

*Où vont et d'où viennent mes pensées ?*

*Longtemps j'ai été obscurcie par une malédiction, mais maintenant, peu à peu j'en suis délivrée.*

*Quand mon père s'est noyé, je suis morte à mon ancienne joie, morte à mon avenir, mais je suis demeurée vivante pour le reste du monde. Sel de la terre.*

*Mon corps est décharné, mes cheveux n'en finissent pas de pousser, je dois rogner mes ongles à la rugosité des murs et mon visage gris s'est clos sur ma souffrance.*

*Mais mon apparence m'indiffère ; mon âme emplit tout l'espace et, incandescente, elle éclaire les recoins obscurs de mon réduit, jusqu'aux confins de l'univers.*

*De transparence en légèreté, je suis devenue diaphane. L'air est mon élément, j'appartiens au vent et la Présence ineffable daigne me traverser parfois.*

*Souffle je suis devenue et je fais œuvre au monde, ainsi je suis la recluse libre et mon espace n'est pas enclos car Dieu fait de moi son instrument, le relais de sa puissance.*

*Et dans l'obscurité de ma cellule, j'aime et je me souviens ; et ma mémoire et mes pensées sont les fidèles geôliers de liens privilégiés et indéfectibles. Et même si mes yeux se sont un peu voilés, mes oreilles un peu murées, par une étrange transmission, la folie de mon amour passe les cloisons, les rues et les villes. À la faveur de mon intuition, des visions claires et précises m'arrivent par soudaineté lorsque mon esprit, débarrassé d'importuns soucis, s'élargit et se dénude comme une plage calme après la tempête d'équinoxe. Alors il m'est donné d'apercevoir un court instant, avec la fugacité vive de l'éclair, quelques images des vies qui s'accomplissent.*

*J'accompagne la cohorte des humains, dans leurs désarrois et leurs tribulations. J'intercède pour Éléonore, bien seule en sa demeure… et guidée par le Seigneur, j'essaie d'éclairer ses pas, veillant à ranimer la lueur si faible de sa vie. Je tente de l'éloigner du péché de tristesse, fille de l'acédie, tentation qui m'a si longtemps enténébrée…*

*L'ombre espère la miséricorde, se recueille, supplie.*

# 2

Sur le banc de noyer, dans l'embrasure de la baie géminée, Éléonore soupire.

Elle lève les yeux au-dessus de son ouvrage et son regard se perd sur le jardin enneigé. Un rouge-gorge picore les miettes qu'elle a déposées ce matin dans l'allée des buis et son vif corselet ponctue d'une note joyeuse cette terne étendue. Il sautille allègrement et ses pattes minuscules laissent des signes énigmatiques sur son passage.

Quelques rosiers ont gardé leurs feuilles d'automne et le gel a figé de lourdes fleurs blanches sur les tiges affaissées. Le soleil impose à peine son disque lumineux, seul un halo diffus éclaire le gris des nuages, éloigne l'horizon. Des flocons hésitent avec grâce et, par quelque osmose mystérieuse, ils rendent l'âme plus légère ; le temps suspendu invite à la tranquillité.

Soudain, la cloche de la chapelle des Cordeliers semble réveiller le faubourg. Les échos du carillon prennent leur envol et puis, peu à peu, s'espacent. Quelques légers tintements vacillent encore dans l'air et la ville retrouve sa monotonie, apaisée, assurée de l'imperturbable succession des heures. Que le cours de la vie soit heureux ou malheureux, le sablier des jours s'écoule et rien n'échappe à cette placidité du temps, comme si nos devenirs étaient tissés de même étoffe à la trame régulière.

Tellement de silence, et en elle se glisse un peu le froid de l'hiver. Pour ne pas laisser les pensées vagabonder, ouvrir la brèche à la tristesse, avec soin elle choisit le fil bleu qui ourle la robe de la Vierge, et son attention au motif de la tapisserie éloigne encore une fois son inquiétude. La chaleur revient dans ses doigts agiles ; seul existe le tableau qu'elle dessine peu à peu. Par une étrange transmission, elle se métamorphose en cette femme drapée dans son vêtement d'azur qui bercera si doucement son enfant lorsque le travail sera achevé ; une mère comblée... Lentement, la distinction entre son rêve et sa vie prend des contours flous et elle trouve refuge dans le bien-être de l'illusion.

Un bleu plus clair pour donner de la lumière au pli du vêtement et rendre la souplesse du velours. Elle tire l'aiguille, un point après l'autre, et le geste répété l'apaise. Ainsi avance l'après-midi, sur la broderie, avec une application presque sévère. Elle sait d'expérience que les mains désœuvrées laissent poindre la mélancolie et qu'il faut remplir minutieusement les journées pour colmater la lassitude et l'ennui.

Avec ses délicats ciseaux d'argent, elle coupe un brin de soie mordorée, pour éclairer le regard d'un lévrier que l'on aperçoit derrière le pan du manteau pastel. Un large collier rouge orné d'anneaux dorés lui donne une allure racée. Elle se souvient bien de ce petit chien qu'elle avait reçu en cadeau de son père.

Aujourd'hui c'est une fine genette blanche qui lui tient compagnie, assoupie à ses pieds, émettant un léger ronronnement d'aise.

Et pique l'aiguille dans la toile de lin. On n'oublie le temps qu'en s'en servant...

Toutes ces longues journées où la poche d'absence se creuse en elle. Des moments au ralenti, tissés de petits détails quotidiens. Un geste après l'autre, soigné, accompli, achevé, elle donne une plénitude à son inconsistance.

Elle écoute les rumeurs du dehors ; des chevaux qui passent dans la rue, et les battements de son cœur s'accélèrent... mais le bruit des sabots décroît dans le lointain. Ce n'est pas encore lui. Elle attend. Elle attend patiemment tant de retours si souvent déçus. Alors cette impression de devenir transparente, de ne plus exister pour personne.

Vie suspendue à une autre, sillage ; « mes pas dans les siens, toujours », se dit-elle avec une résignation qui se veut sagesse heureuse.

Cette grande pièce tellement vide... Et au-dessus d'elle, dans le grenier, le trotte-menu des souris grignote les heures. Me Amaury est tellement affairé. Me Amaury est tellement souvent ailleurs que dans cette chambre, à partager des jours bienheureux. C'est lui pourtant qui retient le cours de sa vie fragile, détourne l'impétueux courant de son désenchantement.

À nouveau elle soupire, éloigne quelque peu la tapisserie pour contempler le motif qui prend forme, évalue le travail de l'après-midi et enfin plie méticuleusement son ouvrage avant de le ranger lentement dans la corbeille en osier.

Presque insensiblement, l'obscurité s'est imposée, la nuit arrive à pas furtifs comme une visiteuse familière. Éléonore frissonne et pour conjurer le mal de tête qu'elle sent venir, presse ses tempes de ses deux index et plisse ses yeux fatigués. Elle tressaille légèrement lorsqu'elle entend le pas de Marion vif et alerte qui gravit l'escalier. Il est temps de fermer les volets ; la servante se fait discrète, respecte le silence d'Éléonore. Elle déplie les panneaux de bois patiné dont elle connaît bien le relief pour les avoir si souvent frottés à la cire d'abeille. Les gonds gémissent à peine. Les flammes de la cheminée procurent une insuffisante clarté ; sans faire de bruit, Marion allume les chandelles posées sur le grand coffre de chêne. Elle ne trouble pas davantage le repos de sa maîtresse et retourne dans la cuisine où elle pourra reprendre son bavardage animé avec la petite Coline, en préparant les pâtés de volaille pour le souper.

De grandes ombres vacillent dans la chambre, on dirait des hôtes de passage, mystérieux et muets qui vont et viennent, traversent régulièrement l'histoire de la maison. Maintenant dans ce lieu clos, Éléonore se sent mieux, protégée, presque rassurée. Les bruits du dehors sont atténués, et elle prête moins l'oreille au passage des chevaux, annonciateur d'un possible retour. Le crépuscule est ce moment de paix, un répit à l'angoisse persistante qu'elle sent au gouffre d'elle-même. C'est l'heure où elle accueille l'ange tutélaire qui relève sa peine. Par ce messager fidèle, la présence de Dieu se fait infiniment douce et consolatrice.

# 3

À peine éveillée, Éléonore se retourne dans son lit et replie ses jambes sur son ventre douloureux. Aujourd'hui le sang va couler et son espoir tombe comme une pierre qui rebondit de paroi en paroi dans un puits sans fond. La chute à l'écho sourd retentit dans sa poitrine, scandée par les battements de son cœur immensément déçu.

Après la perte d'un nouveau-né, qui l'avait épuisée, elle avait longtemps dérivé dans des espaces inconsolables. Peu à peu, pourtant, les saisons qui s'en allaient, puis revenaient, les printemps qui effaçaient la rudesse des hivers, avaient tenté de lui donner le baume de l'oubli. Le cours de ses pensées semblait consentir à ce passage du temps salvateur, mais son corps, lui, avait la mémoire tenace, ne parvenait pas à retrouver la fécondité, et c'était chaque fois le même écartèlement brutal d'une cicatrice inguérissable.

« Aucune vie ne reviendra donc germer dans mon sein meurtri ? Chaque mois faut-il que ce rappel mortifiant de mon infertilité vienne achever mon attente illusoire ? Et la blessure est d'autant plus cruelle que quelques jours de retard avaient follement libéré mes rêves, à grand-peine retenus dans une cage de piètre sagesse. »

Comme elle aurait aimé se pencher tendrement sur un berceau, fredonner une comptine tendre, tenir dans sa main rassurante une menotte pleine de confiance. Ce matin elle pressent de nouveau, avec tristesse, que jamais, à l'horizon de son désir, ne viendra l'enfant qu'elle aimerait tant bercer entre ses bras maternels, jamais le fils joyeux dont elle entendrait le rire en grelot, prolongeant son propre bonheur ; jamais…

Elle prévoit les propos désabusés de M^e^ Amaury et sa peine redouble, murée en elle. Un sanglot monte dans sa gorge, mais reste étranglé, nouant toute tentative de confidence libératrice… Sur l'oreiller, sa tête oscille de droite à gauche, plusieurs fois, en signe de dénégation triste et sa respiration se fige dans sa poitrine, n'autorisant plus qu'un souffle menu, juste suffisant pour retenir une vie si exténuée de fadeur.

Et pourtant, depuis son mariage il y a sept ans, comme elle aime partager avec son époux les caresses douces et les élans du corps !

Quel est le péché qu'elle doit expier, qu'a-t-elle fait de mal ? Pourquoi doit-elle battre sa coulpe ? Elle ne comprend pas cette stérilité puisque la couche nuptiale avait été bénie par son père avec tout le rituel convenu, avant sa défloration. Fervente, elle avait imploré en son for intérieur pour que s'exaucent tous les souhaits de maternité qui s'éveillaient en elle.

Ses noces… Une journée radieuse sans doute, mais qu'elle avait traversée sans bien réaliser que c'était elle qu'on fêtait… Les gens allaient, venaient, elle évoluait au milieu d'eux en jouant du mieux possible le rôle qu'on lui assignait. Elle était une autre, une sorte d'ombre magnifiée qu'elle regardait étrangement de l'intérieur.

Elle venait d'avoir seize ans lorsque, sur le parvis de l'église de Saint-Nizier, elle avait épousé Me Amaury… Il était arrivé sur un palefroi noir qui piaffait d'impatience, alors qu'elle cheminait sur une haquenée docile depuis son manoir de Francheville et que d'autres parentes suivaient sur leurs mules placides. Elle se souvient du parfum sucré des giroflées et celui plus entêtant des narcisses qui jonchaient le passage du cortège en liesse. Un enfant, d'un pas léger s'était approché d'elle et lui avait tendu un bouquet de violettes. Elle s'était inclinée tendrement pour recevoir cet hommage naïf qui l'avait profondément touchée.

Son époux était alors un homme fait, de belle allure sur son cheval, la tête haute prouvant une valeur dont il était bien conscient. Expérimenté sur la vie, sans illusion sur les hommes, sans concession non plus. Les tractations et les négoces remplissaient déjà d'une activité fébrile le temps de ses journées.

Elle s'était trouvée bien belle dans sa robe neuve… Et la lumière dorée de ce mois d'avril se reflétait dans ses yeux. Pour la première fois, ses cheveux bruns n'étaient plus libres sur ses épaules. Avec le peigne d'ivoire, sa nourrice avait passé un long moment à les tresser en deux épaisses nattes qui avaient été ensuite relevées et attachées avec des brins de ruban. Puis elle avait posé sur sa tête un voile de lin très fin, retenu par un cercle d'or émaillé, incrusté de trois émeraudes. Sur sa large ceinture, des topazes et des agates scintillaient au moindre de ses mouvements et soulignaient ainsi la finesse de sa taille.

Un surcot de soie verte recouvrait sa robe doublée de vair. Belle en ses atours… Mais comme toute cette parure était raide et pesante… Elle revoit son image nouvelle et flatteuse dans le miroir ovale, mais c'est aussi le poids du vêtement qui reste en son souvenir.

De son époux, elle se rappelle surtout les luxueuses bottes en cuir de Cordoue, parce que son regard avait été obstinément baissé durant la plus grande partie de la cérémonie.

Elle admirait éperdument cet homme qu'on lui destinait, sa prestance incontestable la fascinait. Cependant, elle était intimidée, elle le connaissait si peu et le contrat de mariage avait été rondement mené. Héritage, dot et douaire pesaient leur poids sonnant et trébuchant dans la corbeille de noce, les sentiments viendraient après, ou ne viendraient pas… Là n'était pas l'essentiel dans les accordailles.

Après la bénédiction sur le parvis, lorsqu'ils s'étaient avancés à l'intérieur de l'église, elle avait été émue par les cantiques joyeux qui se répondaient dans le chœur. L'espérance était grande en un avenir simple, bien tracé. Une certitude tranquille, une confiance en leur histoire. À son doigt brillait l'anneau, le gage de fidélité, le symbole de l'attelage doux que l'on mène à deux pour traverser les jours tendres et peut-être aussi les jours plus gris. La nef bruissante était remplie d'une grande foule, mais Éléonore ne distinguait personne en particulier. C'était une assemblée sans visage, familière pourtant, qui portait son allégresse.

Était-elle amoureuse ? La question ne se posait pas. On la mariait et c'était bien ainsi. À toute volée, les cloches sonnaient ce nouveau départ, témoignaient de cet essor printanier. C'était comme un rite de passage entre l'enfance et sa vie de femme. Une fierté neuve et enthousiaste gonflait son cœur, elle avait l'impression d'avancer comme un navire en partance, toutes voiles hissées sur le grand mât de son bonheur.

Cela paraît bien loin déjà et en même temps si présent. M^e^ Amaury est toujours tellement pressé. Il passe en courant d'air dans la demeure, entre deux routes, entre deux foires, entre deux périples, le temps d'un accord trop bref... et dans tous ces intervalles, la blessure d'absence se creuse et l'attente de l'enfant espéré se fait de plus en plus oppressante.

Parfois son époux arrive au mitan de la nuit...

Comme elle aime se rappeler ces épisodiques visites nocturnes qui la surprennent, l'émerveillent, la réconcilient pour un temps avec la ronde des jours.

D'un geste aussi émouvant que décidé, il entrouvre l'abri léger de son drap et celui de ses songes voyageurs, effleure ses cheveux épars, éveille ainsi son assoupissement tranquille et se glisse délicieusement dans la couche. Elle aime plus que tout cette chaude présence d'homme, cette grande force rassurante qui la serre contre lui, ces bras vigoureux qui l'enlacent et cette soudaineté de l'étreinte, pourtant sans hâte aucune. Elle n'a rien à dire au creux de cette vague chaloupée, se laisse faire dans le ressac d'une houle lascive, se donne câlinement avec toute la souplesse de sa volupté. Pleinement accueillante, elle prolonge tant que possible le plaisir qui l'envahit et bientôt la submerge. Alors, c'est dans une jubilation de tout son être qu'elle reçoit, telle une déferlante irrépressible en leurs ondes mêlées, la semence qui l'abreuve, l'embrase tout à la fois d'incandescence subite, l'éblouit au plus intime d'elle-même comme une myriade d'étoiles bienfaitrices. Généreuse voie lactée de la vie et de l'espoir.

Mais sa terre reste inféconde…

La fulgurance soudaine d'une douleur ravive son indicible déception.

Le jour filtre entre les tentures bleues et les images de la nuit l'assaillent de nouveau. Elle se souvient de son rêve : des lépreux agitant leurs crécelles et des mendiants en guenilles sortaient de la rue des Barbiers ; ils brandissaient des fourches et des bâtons en la poursuivant avec des menaces et des ricanements. Éléonore essayait d'échapper à la horde stupide et barbare, accélérait sa course hébétée, mais elle trébuchait sur les pavés, s'effondrait et en tentant de se relever, déchirait sa robe, saignait alors d'une lancinante blessure…

Muette et fermée sur son chagrin, elle revêt son masque impassible pour affronter les rencontres du jour qui vient, digne et fière. Elle ne veut pas accroître ce sentiment d'infamie qui la hante sans relâche, en laissant paraître sa peine. Me Amaury sera de nouveau bien assez déçu par cette épouse incapable d'assurer son lignage…

De la lingerie montent des chuchotements affairés. Pour la première fois, Coline a la charge d'apprêter le touret de sa maîtresse. Marion surveille attentivement la pression du lissoir, afin que le tuyautage soit fin et régulier et que la gomme à empeser soit appliquée soigneusement. Coline tire un petit bout de langue retenu, tant l'application à cet ouvrage délicat exige le sérieux de toute sa personne. Le linon se raidit peu à peu aux passages successifs de la pierre, jusqu'à former un tour presque parfait, mais il est bien difficile de réussir des plis égaux et la finition requiert une ultime mainmise de l'aînée des deux femmes.

Marion apporte la toque blanche dans la chambre de Dame Éléonore. Elle ouvre doucement la porte et dépose le touret sur une table basse, dans l'angle opposé à la fenêtre, l'endroit le plus lumineux de la pièce. Avec égards, elle a tiré les courtines de l'alcôve et, dans un geste rassurant, elle passe sa main sur le front d'Éléonore. Intuitivement, elle comprend son désarroi et, par un sourire réconfortant, tente de redonner lueur à son regard embué. En redressant son oreiller, elle lui signifie que ses vêtements sont prêts et qu'elle peut se lever.

« Je resterais bien dans mon lit, la tête enfouie sous l'édredon de plume pour toute la vie qu'il me reste, pense sa maîtresse, mais il faut bien faire face, quoi qu'il arrive... Ce n'est pas un lâche sommeil prolongé qui va effacer les menaces du jour. Allons, debout !... »

# 4

Devant sa coiffeuse, Éléonore rafraîchit ses paupières à l'eau de rose et masse ses joues avec un onguent qui avive son teint, tandis que sa servante a relevé ses cheveux en chignon avant d'attacher le touret. Son miroir détaille sans complaisance sa figure fatiguée, ses yeux cernés sous un regard auquel manque la petite flamme de joie. « Derrière l'étain poli, il y a une autre moi-même, se dit-elle, songeuse, quelle est la vérité que je veux me cacher ? Heureusement cette coiffe encadre parfaitement ma face, lisse mes traits », remarque-t-elle avec soulagement. « Ainsi je suis présentable, nul ne devinera mon malaise… »

Mais qu'est-ce que tout ce tintamarre ? Une porte claquée, un pas vigoureux qui résonne sur le dallage du couloir. Serait-ce le retour de Me Amaury ? Aurait-il terminé ses ventes ?

Elle n'a pas le temps de s'étonner davantage. Un rire de pucelle effarouchée la détrompe. Ce ne peut être que Martin qui arrive en coup de vent et au passage bouscule d'un geste coquin la petite Coline. Il s'engouffre dans la montée d'escaliers qu'il gravit quatre à quatre. Déjà sa bonne humeur redonne quelque vaillance à Éléonore. Avec la présence de son frère bien-aimé, c'est la gaieté frivole, si contagieuse, qui pénètre dans la maison. Il est de ces êtres doués pour le bonheur, ayant su conserver la meilleure part de son enfance, qu'il garde au cœur et fait resurgir comme une source dès qu'une occasion se présente. Il aime jouer un bon tour, trouver un mot cocasse, une histoire drôle. Il sait s'amuser avec la vie, glisser sur les soucis, adopter en toute circonstance une légèreté qui, loin d'escamoter les préoccupations et les difficultés, est surtout une manière de leur accorder leur juste poids. Son rire chasse par magie les angoisses et les tensions, le rend apte à échafauder des solutions, même dans les situations compliquées.

« Comme j'envie sa joyeuse insouciance et sa désinvolture ! » se dit Éléonore.

Malgré tout le soin qu'elle a pris pour composer son personnage digne, Martin discerne la peine de sa sœur. Tant de complicités les relient l'un à l'autre depuis l'enfance ; des fous rires partagés derrière la cathèdre paternelle, des sottises gourmandes inventées dans le placard aux confiseries, des courses défendues dans les rues avec les chenapans du bourg… Il se garde bien de lui dire qu'elle a triste mine, mais pour la dérider, il lui raconte les dernières nouvelles de la ville. Avec lui s'invite le dehors.

– J'ai cru ne jamais arriver jusqu'à vous, il y a un tel embarras dans les rues depuis l'arrivée du pape Innocent IV, en décembre dernier ! La montée du Gourguillon, surtout avec les pluies de cet hiver, est bien malaisée ; on y rencontre pourtant du beau monde. Un va-et-vient incessant de chanoines, d'évêques et de cardinaux montre l'importance de ce concile qui se prépare. J'ai même croisé un religieux avec une barbe impressionnante, il paraît que c'est le patriarche de Constantinople. On attend cent cinquante évêques, vous rendez-vous compte ?

Éléonore s'anime à cette verve brillante et ses préoccupations sont chassées pour un moment.

– Mais où demeurent tous ces gens ?

– Notre archevêque Aymeric n'a pas prévu de loger le Pape avec lui au château de Pierre Scize, mais il lui a octroyé une résidence au chapitre de Saint-Just. Son escorte reste auprès de lui. Le couvent des Cordeliers où sont installés les franciscains et celui des Jacobins où sont les frères prêcheurs, l'abbaye d'Ainay et autres monastères accueillent bon nombre de ces prélats. Les cardinaux sont pour la plupart logés près des chanoines à Saint-Jean, Saint-Irénée et Fourvière. Et puis, dans toute cette effervescence, plusieurs auberges nouvelles se sont construites en hâte et la clientèle ne cesse d'affluer. Tous ces dignitaires ont des suites importantes et des escortes armées, bien que nos ordres militaires, les templiers et les hospitaliers, installés depuis quelques années à Lyon, soient chargés de la protection de tout cet arrivage.

– Quelle lourde organisation ! Le prévôt de l'archevêché ne doit pas avoir beaucoup de répit.

– C'est malgré tout une bonne chose pour le commerce et les affaires de notre ville de Lyon. Mais il faut bien reconnaître que le coût est difficile à supporter pour ses dix mille habitants.

– Je pense que M^e^ Amaury ne verra pas d'un très bon œil sa contribution à ces somptueuses dépenses.

– Soyez sans crainte, ma sœur, le Pape a promis nombre d'indulgences aux Lyonnais pour les récompenser de leur accueil, votre époux sera sans doute compté au nombre des bénéficiaires.

Une ombre passe sur le visage d'Éléonore ; elle se ressaisit vite et demande à Martin :

– Avez-vous vu Innocent IV ?

– Non, pas encore, il paraît que sa santé n'est pas bonne et que le voyage a été bien éprouvant.

– La route a dû être bien difficile en effet. Mais quel a été son itinéraire ? En connaissez-vous les détails ? Comment est-il arrivé jusque chez nous ?

– C'est toute une histoire. Il a fait un long périple dont j'ai ouï de plus amples échos en prenant mon bain aux étuves lundi dernier. Figurez-vous qu'il a dû sortir de Rome en cachette, toujours à cause de son ennemi juré l'empereur Frédéric II Hohenstaufen qui voulait le capturer et il s'est embarqué, en toute discrétion, à Civitavecchia à la fin juin 1244, cela fait donc déjà presque un an. Il a été bien malade à Gênes, sa ville natale, et y a séjourné jusqu'en octobre. Ensuite il a franchi les Alpes au mont Cenis et a pris quelque répit à l'abbaye de Hautecombe en Savoie sous la protection du comte Philippe. Mais j'ai surtout entendu parler de ses trois jours de bateau sur le Rhône pour arriver à Lyon. J'étais d'ailleurs dans la foule en liesse lorsqu'il a débarqué. Vous connaissez ma curiosité et mon intérêt pour toutes les nouveautés et les événements extraordinaires.

– J'aime votre présence, Martin. Elle me fait du bien, m'ouvre les fenêtres du monde. Le Pape devait être en effet bien fatigué. Savez-vous quand va commencer ce fameux concile ?

– Au mois de juin de cette année 1245, notre Saint-Père aura le temps de se remettre.

Éléonore se tait, sourit à Martin dont le visage avenant lui communique son entrain joyeux. Brun comme elle, élancé, elle se dit que c'est vraiment un beau garçon et qu'il ne lui raconte sans doute pas les nombreuses frasques et conquêtes de ses vingt ans fougueux.

Elle envie cette liberté, cette insouciance, cette gaieté. Martin pose sa main sur celle de sa sœur, et par ce geste l'assure de son soutien fraternel ; craignant de l'ennuyer avec tout l'affairement de la curie, il enchaîne vivement :

– Assez parlé des préoccupations pontificales. Voulez-vous faire une partie d'échecs ou de trictrac pour vous divertir ?

La jeune femme hésite et propose finalement le jonchet. Elle sort d'un coffre de bois incrusté de nacre les fins bâtonnets d'ivoire. « Si je gagne, se dit-elle intérieurement, si j'ai de la chance, Me Amaury reviendra avant la fin de la semaine et Dieu me concédera un enfant. Tous les espoirs sont permis. » Elle sait bien que les hasards du jeu n'ont rien à voir avec le destin, mais elle ne peut s'empêcher de se rassurer par des paris inavouables que le curé de Saint-Nizier désapprouverait à coup sûr.

Ils tirent à la courte paille pour savoir qui aura l'honneur de commencer.

C'est Martin.

Il serre le faisceau dans sa paume et brusquement le lâche. Les baguettes tombent, enchevêtrées, sur la table ; il s'agit maintenant, sans faire trembler le fragile édifice, de les retirer précautionneusement une à une. Ses doigts sont plus épais que ceux d'Éléonore, mais au début de la partie les petits joncs, sur les bords du jeu, sont faciles à attraper. Il arrive à en saisir six, mais au septième, la jeune femme remarque, avec une lueur d'amusement :

– Vous avez bougé, c'est à mon tour !

Avec délicatesse et application, elle continue de démêler les bâtonnets. Peu à peu, chacun à leur tour, ils en moissonnent le plus possible. Éléonore prend l'avantage, mais tout à coup elle se rappelle l'idée qui l'a traversée tout à l'heure : « Si je gagne... » Cette pensée distrait son attention, la rend nerveuse, sa main est moins sûre, une hésitation ébranle la baguette la plus gênante et la chance bascule. Martin n'a guère de mal à ramasser le reste de la botte. Il se lève triomphant, étire ses bras, prend ses aises. On entend la cloche de la chapelle des Cordeliers.

– Le temps a passé bien vite, chère sœur ; je dois m'en aller car on m'attend...

Il n'ajoute pas qu'il s'agit d'un rendez-vous galant, mais le manque de précision ne laisse que peu de doutes à Éléonore. Il la serre affectueusement dans ses bras pour prendre congé et en quelques lestes enjambées, il quitte la chambre.

Après le départ de Martin, le grand vide s'installe de nouveau, reprend tout l'espace, la solitude pèse. Entre le monde et elle, une mince et froide verrière s'interpose. Tandis que les autres jouent leur rôle avec entrain sur le devant de la scène, elle reste dans le rang des spectateurs frileux, en marge, en dehors, au bord. Les années passent, comme un fleuve, mais elle ne parvient pas à monter dans la barque. Elle ne fait qu'effleurer la vie qui finit par s'émietter, et ses jours s'étiolent dans un temps immobile que plus rien ne semble pouvoir ébranler. Le présent est figé, encerclé d'un mur d'angoisse qui lui serre parfois la gorge à l'étouffer.

À travers les losanges un peu flous du vitrail, elle laisse aller son regard, mais le jardin n'a plus d'attrait, les oiseaux peuvent égayer le paysage, elle ne les voit pas. Elle est absente, derrière son visage, il n'y a plus personne.

# 5

*Ce matin je suis en alerte, des vibrations dans l'air émeuvent mon réduit.*

*Aujourd'hui je sais que tu pleures, Éléonore, tu te cognes à l'intransigeance de la vie, mais je sais aussi que viendra le jour où tu seras consolée.*

*Je ferai de vos cœurs de pierre des cœurs de chair, a dit le Prophète. Il faudra donc que tu sois broyée, piétinée, écrasée finement à la grande meule du temps et du malheur. Il te faudra descendre tout au fond de ton gouffre et lorsque l'air se fera trop rare, tu reprendras pied et tu referas surface.*

*Au-dedans encore une fois, ton âme chute ; l'une de ces chutes sans bruit, sans témoin, entre des parois lisses et pâles, le long desquelles tu ne te retiens pas.*

*La souffrance est le passage obligé, elle ouvre une brèche féconde, écaille les surfaces. C'est l'outil qui taraude et qui pénètre et qui vrille jusqu'au son cristallin de l'extrême dépouillement.*

*Les larmes versées sont des fontaines, l'eau salvatrice qui enfonce nos racines dans la solidité de l'être. Mais il faut secouer nos jours avachis, nos routines tranquilles qui nous enveloppent mollement et nous éloignent des bienfaits audacieux.*

*Éléonore, les échecs n'existent pas il n'y a que des hésitations, des marches laborieuses, des croix à porter en attendant des résurrections. La vie est ce qu'elle est, déroutante, mais prometteuse, riche, terreau fertile. Le malheur façonne et lorsque tu aborderas l'autre rive, tu présenteras l'autre face de toi-même, celle qui a la force de resurgir.*

*Heureux ceux qui pleurent, la lumière jaillira au bout du chemin difficile et sa fulgurance sera d'autant plus vive.*

*Les Béatitudes sont le sourire de Dieu après la nuit d'orage, le douloureux tracé qui débouche sur une lumineuse clairière, une paix et une joie profondes, presque indépendantes des circonstances extérieures, des événements vécus. Alors tu seras solide comme le chêne, enracinée pour toujours. Tu découvriras telle une source intarissable cet enseignement et il jalonnera ta route escarpée.*

*Ouvre-toi, Éléonore, à la clarté qui filtre dans la fêlure de ton âme. Sors du confinement de ta chambre, ne reste pas incurvée sur ta peine, tu n'es pas le nombril du monde.*

*Va respirer, Éléonore, laisse venir l'air acide en tes poumons, décaper l'essentiel, gratter les couches successives qui t'évitent d'être. Tu marches vers ta vérité, mais commence par franchir le seuil de ta maison.*

*Va dans ton jardin, Éléonore, regarde vraiment, admire, là pousse l'espoir.*

*Et si par hasard, tu esquives le détail du paysage, décolores, uniformises pour plonger dans l'obscurité de ton cœur, si ton regard se retourne à l'intérieur de toi-même dans le tumulte sombre de tes pensées, redonne-lui sa nouveauté et sa fraîcheur, fuis la morne incuriosité, déchire le voile, ne fais plus qu'un avec l'instant donné : contemple.*

*Et si tes paupières se rabattent comme des volets fragiles sur tes yeux ternis, si certains jours les éclats du soleil et le monde des couleurs te sont dérobés, si tu es incapable de voir le ciel, et que tu laisses mourir les étoiles, si tes yeux embrumés sont clos sur toi-même, inverse le sens de ton regard.*

*Ce retournement n'est pas un miracle, mais une œuvre ; il te faudra l'édifier en longs tâtonnements. Ne sois pas trop pressée, laisse un peu passer le temps, Éléonore ; le temps… C'est Dieu qui l'a créé et il en a fait assez pour que chacun y puise sa nécessité.*

# 6

Le vent vif cingle le visage d'Éléonore et la fait presque chavirer quand elle se risque sur le seuil de pierre. La bourrasque malmène sa capuche fourrée de loutre et une mèche de cheveux s'échappe en friselis léger. De sa main gantée, elle arrime sa coiffe, hasarde quelques pas dans le jardin. La neige est encore là, surtout du côté nord et une nuée d'étourneaux traverse le ciel avec des bruissements d'ailes. Éléonore avance sans but précis, semble-t-il, mais son assurance s'affermit peu à peu. Elle avait envie de prendre l'air, certes, de goûter le froid mordant pour se changer les idées et retrouver quelque vigueur, mais dans son allure encore indécise, un sens mystérieux s'oriente, une direction s'impose.

Elle contourne le bassin où la glace a partiellement disparu ; cependant, la fontaine coule goutte à goutte, l'eau est encore prisonnière d'un étau gelé qui mettra quelques semaines à fondre. Les carrés destinés aux légumes et l'enclos des simples sont bien mornes. Des résidus d'herbes jaunies, quelques tiges grêles, dépouillées, qui se balancent au rythme du noroît, des arceaux déplacés, tout cela donne une impression d'abandon définitif. « C'est bien la morte-saison, pense-t-elle ; comment pourrait-on croire à la venue du printemps ? Cette léthargie triste semble immuable, on dirait que la nature s'est arrêtée pour toujours, a perdu le pouvoir de se transformer et de revivre. Le potager est comme moi, froid, infructueux, mélancolique. »

Elle laisse à gauche le vieux cerisier. Il déploie son squelette noueux sous les nuages qui se bousculent au gré des rafales, dérivent vers le sud, comme s'ils étaient bien pressés d'arriver à leur destination. « Eux savent où ils vont... Mais moi, qu'est-ce qui me pousse ce matin à affronter un tel froid ? » Elle force l'allure cependant et ses pieds menus, bien chaussés dans les bottillons de cuir maintenus par des lanières, accélèrent la cadence ; sans y prêter attention, absorbée par ses pensées, elle a déjà dépassé l'allée des buis et le massif de rosiers, lorsqu'elle trébuche sur un galet malencontreux. Vacillante, elle se rattrape au banc de bois, providentiel en cet instant. Essoufflée, elle se laisse choir sur la planche lisse.

La secousse l'a remuée plus qu'elle ne l'imaginait. C'est alors qu'un sanglot monte du plus profond de son être. Les pleurs, tant retenus, depuis si longtemps, affluent brusquement et les digues d'un si vaste chagrin cèdent, comme son corps qui lui aussi s'abandonne, consent à admettre sa faiblesse ; une tension en elle se dénoue, elle se laisse aller à sa peine. Enfin... Là, seule, loin des regards, elle ose être elle-même, une jeune femme qui se sent terriblement vide, infertile, un fétu de paille perdu dans le vent.

Le visage dans ses mains et les épaules secouées de spasmes, elle reste longtemps recroquevillée sur son désarroi... Mais peu à peu, le pépiement des moineaux qui s'activent dans la treille le long du mur d'enceinte, et les branches qui gémissent au passage de la bourrasque, la ramènent au jardin.

Quand elle ouvre les paupières, son regard encore embué se pose au pied du cep de vigne, là où le soleil visite en tout premier l'enclos qu'elle affectionne. Elle écarquille les yeux, concentre son attention et, mue par son étonnement, s'avance avec curiosité. Un minuscule perce-neige, aussi fragile qu'insistant, s'est frayé un passage dans les craquelures de la terre. Il pointe vaillamment le bout de son nez vert et blanc, s'offre à Éléonore avec modestie.

Il a bravé les rigueurs du climat et la dureté du gel, pour elle seule sans doute... Quel effort secret, quelle vertu patiente, quelle persévérance et quelle ingéniosité pour qu'un germe obscur soit monté ainsi, tenace, jusqu'au jour, à la lumière, à la vie ! Elle avance deux doigts indécis pour cueillir la frêle pousse, mais aussitôt se ravise, arrête son geste et effleure seulement sa délicate corolle en signe de reconnaissance.

Cet humble végétal, cet avènement insoupçonné, aussi magnifique que dérisoire, lui redonne espoir. Si, dans la froidure de février, une infime fleur a le courage de naître et l'énergie de fleurir, elle aussi trouvera le sursaut nécessaire, son existence aura un sens et l'enthousiasme la soulèvera de nouveau.

Le vent a faibli, la caresse du soleil s'étale maintenant jusqu'au banc de bois qu'elle a rejoint et la tête levée vers le ciel, elle remercie Dieu de la force qui va revenir. Sa langueur s'estompe et un élan de joie tente de s'insinuer entre les interstices de sa mélancolie.

Les jours qui suivent, elle garde fidèlement l'éphémère miracle en sa conscience avivée. Ainsi, juste au bord de la désespérance, elle se maintient, en équilibre précaire, sur un fil incertain, entre le simple plaisir d'exister et l'avenir bien flou qui fait brusquement irruption, trouant ce bonheur fragile, d'une flèche empoisonnée.

Et le jardin continue en elle son œuvre de régénérescence…

Entre deux giboulées, la terre respire avec une sorte d'allégresse. C'est une invite au courage, à la confiance en l'ordre du monde, où même la tristesse peut faire partie de l'harmonie.

Savoir regarder au-dehors, tout est là… Ainsi elle balaie les pensées moroses tapies sournoisement dans les recoins de son cœur, elle les laisse se dissoudre en fond obscur sur lequel viennent rebondir des éclats de lumière.

Alors la mélancolie s'éloigne ; il semble même que les nébulosités de son âme avivent les couleurs du paysage. Éléonore accède à une sorte de transparence, devient réceptive, poreuse pour accueillir toutes les sensations et capter des nuances insoupçonnées, des éclairages discrets, une palette renouvelée. Comme une fenêtre grande ouverte, elle laisse entrer et sortir dans son être tout un concert de vibrations. C'est bien là l'essentiel, garder cette faculté de s'émouvoir, sans s'attarder sur les souvenirs affligeants ou les appréhensions d'un avenir difficile. Être là, dans la plénitude de chaque instant.

Elle guette l'éclatement des bourgeons sur les arbres fruitiers palissés le long de la clôture médiane. Aux gonflements soudains succèdent des craquements ténus qui libèrent des roses tendres et des blancs nacrés au discret parfum de miel. Sentinelle des éclosions, elle prend soin des furtives fragilités.

Quand le courage lui revient plus vivement, elle s'active délicatement entre les plessis. Ça et là elle taille les rameaux morts, élague les surgeons, sarcle les herbes indociles ou encore, elle abrite les jeunes pousses avec d'habiles paillages qui réchauffent le sol tout en laissant passer l'air et la lumière. Elle est aux aguets de chaque bruit, chaque souffle, chaque frémissement.

Arrive le soir, une heureuse fatigue lui promet une nuit sans heurts. Les joies du jardin resteront en elle une parenthèse vivifiante et même si son destin ne prend pas le cours qu'elle avait imaginé, il y aura toujours, dans les palpitations de la terre et le froissement des feuilles, un baume bienfaisant qui lui permettra de mettre un pied devant l'autre.

# 7

*Dans l'abbatiale, le cantique de Zacharie va sur ses derniers vers :*

*« Pour illuminer ceux qui sont assis dans les ténèbres et l'ombre de la mort... pour conduire nos pas au chemin de paix... »*

*Cette louange du père de Jean-Baptiste est chaque fois neuve pour moi ; jamais la répétition de ce passage ne m'indiffère, je l'entends toujours comme si c'était la première fois.*

*Bientôt les moines auront fini leur prière nocturne. Leurs voix claires m'accompagnent, et sans nul besoin de psautier, je suis en communion avec mes frères dans les rituels quotidiens. Les laudes s'achèvent au plus profond de la nuit.*

*Les pas décroissent dans le cloître, résonnent sur la pierre froide avec l'intensité particulière de ce moment paisible, où les braves gens sont tous endormis dans la chaleur de leur alcôve, auprès de ceux qui leur sont chers. La densité du silence va tomber sur moi comme un couvercle et pendant longtemps encore, l'insomnie me tiendra en alerte sur ma paillasse mince.*

*Mes longues veilles pèsent sur mes épaules et la fatigue crispe mon visage. Je cligne des paupières, gratte mes yeux rougis et brûlants.*

*C'est alors que l'image du jeune faucon s'impose encore une fois... Je suis à côté de mon père et quelques gouttes de sang ruissellent sur ma main. Obsédante, irrépressible, la scène que je revis est d'une netteté sans faille.*

*C'était le jour où le fauconnier avait cousu les paupières du rapace. L'opération de ciller faisait partie du dressage pour mettre l'animal dans une obscurité qui le sécurisait. Plus tard, juste avant d'être lancé sur sa proie, il serait couvert d'un chaperon dans le même but.*

*Après avoir caressé l'oiseau pour le calmer et lui avoir prodigué quelques friandises, des lanières de mulot sans doute, Mathieu saisissait doucement le faucon et le posait sur la table de marbre dans un petit appentis qui jouxtait la volière. J'avais pour mission de serrer le bec, tandis que mon père maintenait fortement les ailes. Je remplissais ma tâche sans aucune appréhension tandis qu'avec dextérité et précision, Mathieu passait un fil dans la paupière inférieure avant de l'attacher sur la tête du jeune volatile, afin de l'aveugler. Le faucon voulait s'agiter et se débattre. Il fallait resserrer l'étreinte, veiller à son immobilité parfaite. Le sang perlait et glissait sur les petites plumes duveteuses, jusqu'à mes doigts. C'était un frôlement chaud et doux. L'intervention ne durait que quelques instants, mais j'étais fascinée, saisie alors d'une intensité sauvage, d'une cruauté jubilatoire sans l'once d'un remords. En contraignant le faucon, je domptais une part faible de moi-même que je pensais anéantir à tout jamais. Je passais du côté des vainqueurs, ceux qui marchent droit au but sans regard en arrière et sans questionnement. Il y avait dans l'air une excitation et des frissons voluptueux couraient le long de mon échine. J'avais l'impression de prouver ma vaillance et mon intrépidité, mon père était fier de sa fille. Bientôt je pourrais l'accompagner à la chasse et je recevrais pour l'anniversaire de mes quinze ans l'émerillon tant attendu que je promènerais à mon poing, altière et radieuse. Cette reconnaissance paternelle m'était infiniment précieuse et j'avais la ferme volonté, non seulement de ne pas la décevoir, mais de l'accroître par tous les moyens. Je m'épanouissais sous ce regard valorisant, c'était comme un chaud rayon de soleil qui me fortifiait.*

*Je m'appelais, en ce temps-là, Mathilde de Vermance ; j'avais nom, richesse et privilèges. J'étais une noble demoiselle, superbe et exigeante, mais tellement choyée.*

*Dans la fauconnerie, je venais souvent m'asseoir et assister aux soins que Mathieu prodiguait aux oiseaux avec autant de patience que de fermeté. Attachés par leurs laisses, un faucon et deux éperviers sur leurs blocs étaient l'objet d'une attention sans relâche avant de partir pour la chasse au haut vol que mon père affectionnait tant.*

*Je passais insensiblement d'un extrême à l'autre, sans même m'en rendre compte ; je pouvais imposer ma violence sans états d'âme, faire souffrir et quelques instants après, appuyer tendrement ma joue sur les plumes de l'oiseau. J'étais ainsi, jeune, intransigeante, sans concession, et par quelque transfuge étonnant, je devenais prédateur moi aussi, comme l'oiseau à la tête fière et au bec acéré prêt à déchirer la vie.*

*Mais cette nuit, dans l'obscurité, lorsque je frotte mes yeux fatigués, j'ai pitié. J'ai pitié du jeune faucon comme j'ai pitié de la jeune fille vive et passionnée qui mordait dans son destin avec un appétit sauvage et sans frein. Mathilde, lointaine Mathilde...*

*Les souvenirs sont-ils péchés ? Pouvons-nous recommencer les mêmes fautes lorsque le passé resurgit chaque nuit ? Je suis dans la recluserie pour mourir au monde, mais la mémoire m'empêche d'être morte. J'ai délibérément rayé mon avenir, mais puis-je aussi facilement faire taire les jours anciens ? Miséricorde, Seigneur, pour ta servante qui se souvient au lieu de s'effacer totalement et de prier pour le rachat des hommes. Il me faut prendre mon chapelet de bois. Chaque grain roulé entre mes doigts implore ton pardon, réinstaure la quiétude.*

*J'ai dû m'assoupir un peu entre laudes et prime ; une heure ou deux peut-être... Mon dos a trouvé quelque repos, mes os semblent moins raides sous ma maigre enveloppe de peau.*

*Béni sois-Tu, Seigneur, pour ce léger sommeil sans rêves et sans agitation, cette petite mort suave, prémices au grand calme d'éternité. Béni soit mon endormissement, ce répit accordé, où je suis comme l'enfant à naître, innocent, bercé dans le sein maternel, sans pensées, sans souvenir, sans volonté. Merveilleux abandon entre tes grands bras protecteurs, confiance absolue en ta toute-puissance divine.*

*Paix.*

*Je me lève sans hâte et je me tourne vers ma fenestrelle. Elle n'est pas tout à fait orientée vers le septentrion, elle s'ouvre légèrement sur le levant, surtout à cette saison. Ainsi une clarté furtive visite ma cellule, m'annonce le jour ; des flamboiements à l'horizon de la colline, des jaillissements splendides que sont les levers de soleil, cette lueur est la part que me concède mon Créateur. Ce court moment est promesse et la beauté de cette aube naissante est encore dans ce fugitif rayon. Douceur de cette caresse éphémère qui palpe hâtivement mon réduit.*

*Aujourd'hui est béni, comme hier et demain.*

*Éléonore viendra sans doute me visiter, elle hésite, tâtonne ; je la sens fragile, incertaine, ballottée dans le fleuve de sa vie, ne sachant sur quelle rive accoster. Son existence semblait sans sinuosité, pour suivre une ligne simple, et voilà que l'écheveau s'embrouille. On prévoit le futur, on a la tentation d'écrire soi-même la trame de son histoire, et Dieu trace un autre itinéraire. Il est une multiplicité de possibles et comme il est vain et triste de se cramponner à une seule route ! Vaniteux que nous sommes, nous croyons tenir les ficelles de notre destin, nous échafaudons des projets et déterminons les cloisons de l'avenir. C'est alors que la vie nous souffle un bon coup d'air qui nous rend plus modestes, nous ébranle et nous ouvre. « Demain s'inquiétera de lui-même », annonce l'évangile de Matthieu. N'ordonnons pas à la fatalité, laissons l'arrogance péremptoire. Sachons au contraire accepter l'imprévu, le déroutant comme autant d'opportunités, les aléas non comme des détours contrariants, mais comme des chances à saisir.*

*Oui, il nous faut éprouver de la gratitude pour tout ce qui survient.*

*Ne t'acharne pas à remonter le fleuve, Éléonore, adhère à l'instant fugitif. Ne reste pas prisonnière de l'étroitesse du « non ». La vie est riche si on ne la met pas en cage, si, au lieu de vouloir obstinément suivre la ligne droite, rigide, nous acceptons le charme des sentiers de traverse, la main tendue, une Providence aussi imprévisible que certaine. Elle sera toujours là, quelque part au détour du chemin, mais rarement où nous le prévoyons dans notre orgueilleuse vanité.*

*Je t'attends et tu viendras, Éléonore, car je te rassure, je peux te réinstaller dans une terre ferme ; pas définitivement, certes, mais juste pour le pas qui va suivre le précédent... Nous ne tenons entre nos mains que l'instant présent, et c'est celui-ci qu'il te faut vivre avec plénitude et ferveur. La suite ne t'appartient pas, tu n'as besoin que d'un signe discret pour te mettre en marche.*

# 8

Éléonore descend prudemment les trois marches inégales qui conduisent au cellier. Elle baisse la tête pour passer sous la voûte étroite et hume le parfum acide des fruits en mûrissement. Elle s'habitue peu à peu à la cave sombre en s'approchant des claies superposées. Là, depuis l'automne, les poires, les coings et les pommes sont soigneusement rangés en attendant, chacun à leur tour, le temps de la maturité. Il n'en reste guère en ce mois de mars et Éléonore se hisse sur la pointe des pieds pour choisir deux reinettes ratatinées qu'elle place dans son panier rond.

Ce sera une gâterie pour la recluse… Elle saura savourer ces modestes pommes fripées comme s'il s'agissait d'un régal. Tant d'années qu'elle est dans ce réduit à vivre de si peu. Comment la remercier des faux pas préservés et de toute la protection dont elle a su m'entourer à maintes reprises ? J'ai bien besoin d'elle, de recevoir sa sagesse et d'entendre son faible chuchotement si précieux.

Éléonore repasse par la cuisine pour prendre un quignon de pain dans la huche en bois. Marion est en train de pétrir et ses bras vigoureux saupoudrés de farine s'activent en cadence dans la pâte. Perchée sur un escabeau, Coline astique avec ardeur un chaudron bosselé par tant de touillages et de cuissons sur le trépied du feu. Son visage rond, enjoué, se reflète bizarrement sur le cuivre poli et cela la fait rire. Éléonore a envie de s'attarder dans la chaleur de cette vaste pièce où la complicité féminine lui fait du bien, mais si elle veut être revenue avant la tombée de la nuit, il faut qu'elle aille sans tarder ; le trajet est long.

L'air est encore un peu frisquet lorsqu'elle tourne dans la rue des Potiers. Heureusement que Marion lui a sorti ce capuchon de laine qu'elle a enfilé pardessus sa cotte et son surcot des jours ordinaires. En balançant son panier, elle va, rapide, retenant sa longue jupe à l'avant pour éviter les flaques. Malgré tout, sa jeune silhouette a quelque chose d'affaissé ; une légère courbure des épaules sous un poids familier autant du corps que de l'âme, une sorte de culpabilité diffuse, mal cernée. Les réflexions de M^e^ Amaury, qu'elle prévoit avec appréhension, font d'elle une accusée d'avance, sans droit à une quelconque défense. Ce que son époux attend d'elle, c'est un fils qui pourra reprendre une succession, continuer l'acquisition de la fortune, et son incapacité à satisfaire cet homme si sûr de lui reste un reproche permanent.

« Allons, la recluse sera de bon conseil », pense-t-elle pour se rassurer.

Elle longe le couvent des Cordeliers où sont installés les frères mineurs depuis une vingtaine d'années et se dirige vers la rue Grenette où de nombreuses charrettes, des ânes bâtés et des mulets transportent des sacs de blé, d'orge ou de seigle tout autour de la halle aux grains. L'affairement est intense depuis l'aube. En arrivant rue Mercière, elle est bousculée par un gamin qui court en sens inverse. La foule est dense en cet endroit, elle ralentit et essaie de se frayer un passage entre les éventaires et les marchands ambulants qui vendent à grands cris de l'eau, des fromages, des pâtés chauds, des oublies, étalés sur des plateaux d'osier suspendus par une courroie au cou des vendeurs...

De nombreuses échoppes ont baissé leurs volets sur lesquels sont entreposées les marchandises. Tout est bon pour surprendre le chaland, et une paysanne assise entre ses bottes d'oignons et son panier de volaille vante ses produits, d'une voix haut perchée, bonimente avec aplomb, persuade l'indécis ou le naïf. Dans la cohue, Éléonore évite de justesse le ruisseau qui coule au mitan de la rue et charrie toutes sortes d'immondices. Elle doit surveiller sa bourse de près car les chenapans et les tire-laine ont la vie belle dans cette bousculade.

Une fillette secoue avec insistance la large manche de sa mère, devant l'étal de la confiserie. Des bouteilles de verre, des chopes et un grand vase bleu sont alignés sur le comptoir. Dans une caissette en bois, Éléonore a repéré des raisins secs.

« Les jeunes oblats de l'abbaye, coupés à jamais de leur famille, seront bien contents de recevoir cette gâterie, ils ont parfois la vie bien rude et ces gourmandises auront la saveur d'une douceur maternelle », pense-t-elle, remuée par le souvenir de ces petits visages pathétiques. Elle en achète une poignée qu'elle glisse à côté des pommes et du quignon de pain destinés à la recluse.

Ce n'est pas le clapotis régulier sur les piles de granit, mais l'odeur pestilentielle qui annonce la proximité du quai des Pêcheries. Éléonore laisse le pont à sa gauche et descend, par un passage abrupt, jusqu'à la berge foisonnante d'activités. Les forts relents de vase et de poisson prennent à la gorge, même si elle a l'habitude de cet endroit. Des reflets brillants s'agitent dans les paniers que de larges matrones surveillent avec vigilance, l'air placide malgré tout, attendant le client qui hésite de l'une à l'autre. Assis sur un tas de cordes, un garçonnet écaille des aloses avant de les aligner sur une planche, tandis que sa sœur répare une nasse de ses doigts agiles. Deux harengères s'égosillent pour vanter leur marchandise et au besoin se chamaillent pour attirer le passant. Des chats se poursuivent ; ils évitent en miaulant les coups de pieds qui tentent de les faire fuir, se réfugient finalement dans les étuves où des prostituées sont à l'affût d'une autre sorte de pratique, la soldatesque alentour…

Sur la Saône, l'agitation n'est pas moindre ; depuis leurs barques, des hommes hissent de lourds filets en ahanant et les poissons argentés frétillent dans tous les sens.

Éléonore, la main en visière au-dessus des yeux, cherche le passeur qui pourra la conduire à l'abbaye ; il n'est pas facile de repérer un bateau libre. Mais un homme l'a aperçue et il manœuvre à la rame pour s'approcher de la rive, à quelques pas.

– Montez, belle dame, où puis-je vous mener ?

– À l'abbaye de l'île Barbe.
– Va pour deux deniers.
Elle n'a pas envie de discuter le tarif, bien que le prix lui semble trop élevé, elle délie la bourse brodée qu'elle cache sous sa cotte et lui donne la moitié de la somme.
– Les deux mailles restantes à la fin de la traversée.
Le bougre montre un visage réjoui par le gain inattendu, et s'empresse d'acquiescer.
– Marché conclu.
La bèche accoste en tanguant et, aidée par le passeur, Éléonore monte et s'assied sur un petit banc de bois blanchi par les intempéries et l'usure de l'eau.
Sur le pont, lentement, la tour du beffroi qui surmonte la voûte des Merveilles s'éloigne et les silhouettes des archers dans les créneaux s'amenuisent peu à peu. Il n'y a guère plus d'une lieue pour arriver à l'abbaye et, perdue dans ses pensées inquiètes, Éléonore laisse défiler le paysage en n'y prêtant qu'une attention distraite. Bientôt les remparts et le donjon du château de Pierre Scize sont dépassés et les vignes occupent une large place à côté des champs cultivés et des pâtures. Encore quelques vigoureux coups de rames pour remonter le courant et on arrive en vue de l'île, où s'élève, haute et puissante, l'abbaye fortifiée, flanquée de ses dépendances et du châtelard, logis de l'intendant. Sur de solides arcades en ogives repose le mur du réfectoire, vaste pièce dont les minces baies s'ouvrent sur la Saône. Plusieurs barques sont alignées le long de la rive. Elles sont remplies de provisions pour la cuisine attenante à la salle à manger, que l'on peut directement rejoindre

par des marches taillées dans le roc et dont les plus basses sont recouvertes par l'eau vaseuse. Quelques sacs de farine attendent leur débarquement à côté d'un ballot de fèves.

Ce n'est pas par là qu'Éléonore doit entrer. Du même côté, un port, aménagé au pied de l'église Notre-Dame, est destiné aux nombreux pèlerins qui viennent faire leurs dévotions. Une foule dense gravit les degrés, on ressent la ferveur qui l'anime. Bientôt, des étables de la dîmerie, on entend des bêlements plaintifs ; à cette saison, les brebis suivies de leurs agnelets ne sortent guère dans le pré qui s'étend à l'extrémité de l'île et dont les nombreux noyers fournissent noix et huile en abondance. Plusieurs moines convers sont en train de ranger des outils dans la grange, tandis qu'un autre nettoie le sol de terre battue avec un balai de genêts secs. Dans cette partie de l'abbaye sont entreposées les nombreuses denrées qu'une quarantaine de prieurés, soumis à la redevance, envoient régulièrement.

Elle aperçoit de loin l'aumônier qui est encore à sa distribution. Il a fort à faire avec tous les pauvres qui viennent quotidiennement trouver de quoi survivre dans ce havre de charité.

D'un coup bref de heurtoir, sur le portail clouté qui protège l'entrée du couvent, Éléonore annonce sa venue. Ce lieu bien clos, sur lequel s'élève l'abbatiale Saint-Martin Saint-Loup, jouxtée de son cloître, est réservé à la tranquillité de quelque quatre-vingts religieux et à de rares initiés. Empressé, le frère portier fait jouer le loquet et reconnaissant une grande habituée la salue avec une sympathie sincère. Le calme du lieu contraste avec l'agitation extérieure et une atmosphère de paix prédispose la visiteuse à l'accueil des paroles de Dieu.

Pour attendre la fin de l'office de none, elle s'adosse à l'un des piliers qui font le tour du cloître. Sur l'un des chapiteaux d'en face, les volutes d'une feuille d'acanthe conduisent sa méditation loin des soucis qui la préoccupent et la lumière joue dans les entrelacs comme une eau ridée par le vent léger. À ses pieds, le bleu vif de quelques myosotis se fraye un passage entre les dalles de calcaire. Un groupe de moines sort de l'abbatiale et se dirige vers le réfectoire. L'un d'eux, frère Luc, qui semble très âgé, aperçoit Éléonore et en s'approchant d'elle, lui pose une main affectueuse sur l'épaule.

– Bienvenue, gente dame, que la paix soit avec vous. Je vais vous annoncer à la recluse.

La cellule a été creusée sous le mur de l'abbatiale et son étroite fenêtre donne sur l'allée du cloître. Il faut se baisser pour atteindre le niveau du soupirail et Éléonore s'agenouille devant l'ouverture. Elle pose sur le rebord les vivres qu'elle a prévus pour l'indigente. Le glissoir en bois émet un bruit mat et une main décharnée saisit tranquillement les pommes, le pain et les raisins secs pour les oblats, avant de remercier d'un signe la bienfaitrice ; puis, entre deux barres de fer, les doigts de la recluse viennent tendrement prendre ceux de la visiteuse. La peau sèche est fine et douce comme un pétale fané et une imperceptible étreinte rétablit le courant d'une longue fidélité. Lentement le temps passe, sans bruit ; une connivence, un échange muet parlent au cœur de chacune bien plus que de vaines paroles. Ainsi la recluse a entendu l'essentiel : la peine profonde d'Éléonore, sa honte de femme stérile, sa crainte de perdre son époux. Elle ne s'embarrasse pas de détours pour transmettre à celle qui vient l'implorer le message venu d'au-delà d'elle-même. Malgré sa faiblesse, la voix est ferme et posée.

– Éléonore, tu pries pour un enfantement, tu pries pour être aimée d'un homme, tu peux poursuivre, Dieu écoute tes requêtes. Mais surtout il entend l'intervalle silencieux entre tes prières. Souviens-toi que l'important n'est pas de demander, mais d'apprendre à recevoir, de bénir ce qui advient. Va, Éléonore, traverse ce jour qui s'achève et ceux qui vont suivre en accueillant la vie sous toutes ses formes, avec gratitude et d'abord en t'aimant toi-même. Relève la tête, tu es à l'image de Dieu, créature sacrée, digne et tu n'as pas à rougir de ton destin. Prends ta pauvre vie entre tes mains, avec douceur, et telle une eau tirée d'un puits précieux, fais-en l'offrande au Seigneur.

Enfin, elle ajoute après une longue pause :

– Dieu va te demander une grande marche. Je vois des bois, des ravins et des ornières ; tes pieds seront douloureux, mais la Sainte sera bien disposée à ton égard si tu la supplies avec grande conviction. Que Notre Seigneur te garde et te guide sur tes chemins escarpés. Mon oraison demeure en communion avec toi. Va, ma fille…

Avant de quitter l'île, Éléonore se faufile entre les nombreux pèlerins et va allumer un cierge devant la statue de la Vierge Marie à l'église Notre-Dame. La mère de Jésus est bien Celle qui peut la comprendre et l'aider.

Tandis que la barque descend rapidement le courant, elle tourneboule les dernières paroles de la recluse dans sa tête. Elle ne saisit pas ce que signifie cette longue marche, elle qui ne connaît que son jardin, les faubourgs et sa ville de Lyon et tout au plus quatre lieues alentours. Partir où ? Elle qui s'effraie de si peu ; et avec qui ? Les routes sont si imprévisibles et dangereuses. Peut-être accompagner Me Amaury ? Comme cette nouvelle est étrange !...

# 9

*Marcher… Je sais ce que cela veut dire. J'ai connu l'âpreté du chemin, les blessures à l'arête tranchante des pierres et les déserts de l'âme. Mais j'ai connu aussi certains états de grâce où tout redevenait simple et paisible. En traversant les landes de bruyères et d'ajoncs, j'ai appris que l'on pouvait tout traverser avec la même constance et que le temps, notre grand guérisseur, venait à bout des pires atrocités.*

*Au lendemain de l'horreur de Vermance, j'ai quitté les brumes du Nord. Pour toujours. J'ai refermé la porte massive de la seigneurie, et sans un regard en arrière, j'ai avancé. Aveuglée par les larmes, secouée par le vent d'automne, j'ai fui loin devant moi la terreur et l'infamie. Je n'ai emporté qu'une moisson de souvenirs pour soutenir mes pas et ma besace ne s'emplissait que de la pitié des villageois lorsqu'ils croisaient ma silhouette hagarde. Je glanais çà et là des fruits que les manants avaient laissés, peut-être à dessein, pour l'aumône d'un plus pauvre qu'eux.*

*Les tout premiers jours, le temps sec m'avait permis d'avancer vite, je courais à la limite de la folie, en trébuchant sur les aspérités des routes. La nuit, la tête sous des étoiles que je ne voyais plus, je tentais de m'assoupir, mais des images atroces agitaient mon sommeil. Lorsque j'entendais un galop ou l'approche d'une troupe quelconque, je me cachais dans les fossés, dans les bosquets ou derrière des rochers. La peur ne me quittait pas. À croire que la vie était bien enracinée car j'aurais pu m'offrir sans hésitation au coup fatal pour abréger mon cauchemar.*

*Novembre et ses pluies froides ont lavé mon immense désarroi ; tout en moi devenait fluide, la blessure suintait, emportant un peu le mal qui m'avait atteinte, la souffrance s'évacuait, les pensées s'écoulaient. Je grelottais de fièvre et, souvent, acagnardée entre deux masures, je perdais toute conscience du monde alentour. De mes vêtements somptueux ne restaient que des loques et seule quelque parmenture au bord d'une manche gardait un fil d'or qui me reliait au passé.*

*Vagabonde sans aucune destination, mes pas me portèrent jusqu'au seuil d'un moulin, quelques jours avant Noël. Je regardais la roue tourner dans l'eau du bief, depuis longtemps sans doute, lorsque la meunière m'aborda, une femme d'âge mûr solidement charpentée et dont le visage disait la bonté. C'était la première voix que j'entendais depuis des jours et des jours. Elle me restaurait dans le monde des vivants. Cette généreuse matrone s'occupa de moi comme si j'étais sa propre enfant. Dans les draps blancs, devant la table bien garnie et le feu rassurant des soirs, elle me permit de passer l'hiver.*

*Aux premiers jours de mars, la béguine errante secoua sa sébile dans les parages du moulin ; je dis adieu à la meunière et je suivis la béguine. C'est en mettant mes pas dans les siens que Dieu m'a rattrapée. Aux haltes de fin d'après-midi, les fatigues du chemin et la faim me rendaient extrêmement légère. Je compris la mesure du dépouillement. L'écorce de chair s'affinait pour donner de l'espace à l'âme et mon humble prière coulait d'une source limpide. Il me semblait que mon destin devait suivre celui de la béguine, mais c'est à l'île Barbe que le Seigneur m'attendait.*

*Longtemps après, j'ai su que Mathieu, le fauconnier fidèle, ne m'avait guère perdue de vue. Il n'avait pas voulu m'imposer le poids de son escorte, m'avait laissée libre de rompre toutes mes attaches, mais j'ai su, bien longtemps après, que sa vigilance, de loin en loin, m'avait gardée en vie.*

*De l'errance, je suis passée à l'enfermement définitif. Mais quand on est habité par l'amour de Dieu et une vie intérieure profonde, peu importe de quel côté des barreaux l'on se trouve.*

*Tu vois, Éléonore, où ma quête éperdue m'a conduite. Au bout du voyage qu'ai-je trouvé ? La voyageuse… C'est-à-dire moi-même dans la main de Dieu. Nos pas nous ramènent à l'essentiel. Toi aussi tu connaîtras les grâces du chemin.*

*Mais ce n'est pas encore pour maintenant. Il te faudra d'abord puiser dans ta générosité pour que ta force rallume les braises incandescentes de ton amour, cachées sous la cendre des jours tristes. Ne te révolte pas, Éléonore, inscris ta propre volonté dans celle du vaste univers. Laisse-toi dériver comme la source au flanc de la colline, le nuage au gré du vent incertain, la feuille d'automne arrachée à son arbre séculaire, la plume du frêle oiseau.*

# 10

Le vannier tourne furtivement la tête à l'approche du cheval, puis il reprend sa serpette et d'un mouvement rapide et régulier, il continue de couper les tiges d'osier. À côté de lui, sa femme lie les gerbes qui jonchent le sol humide, tandis que les enfants emportent les fagots jusqu'à la cabane proche. Chacun à sa place accomplit la besogne nourricière avec la précision d'une longue habitude. Peu de mots sont échangés, juste le nécessaire et leurs visages fatigués témoignent de la rudesse et de la précarité de leur existence.

M^e^ Amaury dépasse rapidement la famille des vanniers et arrive en vue d'un groupe de lavandières qui battent leurs draps blancs dans le courant de la rivière.

À l'approche du cavalier, les éclats de voix et les rires cessent. M^e^ Amaury a ralenti, il flatte l'encolure de son cheval dont la robe écume. Les naseaux soufflent une haleine chaude qui témoigne de la vitesse de la course.

Un effondrement dans le chemin de halage fait buter la monture et le marchand fulmine :

– La peste soit de ces rives mal entretenues ! Les corvées ne sont plus ce qu'elles étaient, ces manants auraient besoin d'un rappel à l'ordre, et qui plus est, je dois encore m'acquitter de bien des taxes et tonlieux aux octrois. Malgré cela, je risque de me rompre les os à tout moment !

Désarçonné par le faux pas du cheval, il rétablit son équilibre et recale sa selle.

Ce matin, il est d'humeur fort maussade. Depuis une semaine, il a quitté Marseille où il a acheté une cargaison hétéroclite en provenance de Constantinople. L'armateur génois est une ancienne connaissance avec qui il a arpenté bien des routes en Orient. Sa galée, cette fois, rapportait de la soie, des épices, des tapis, de l'ivoire, du bois de santal et des produits nécessaires à la préparation des remèdes : du sucre, de l'aloès, de l'ambre gris, du camphre, des blattes de Byzance… M^e^ Amaury avait fait l'acquisition de son chargement, après une âpre tractation qui lui avait permis d'obtenir un prix très satisfaisant pour l'ensemble. Il avait vite calculé le bénéfice qu'il pourrait en tirer lors de la revente, à Lyon même, ou pendant les foires de Chalons et Troyes. Mais Dieu, que la remontée jusqu'à sa ville était lente !

Il avait eu le temps de visiter Aigues-Mortes et d'y consolider quelques relations mercantiles, avant de prendre la route du retour et le bateau était parti bien avant lui. Ce nouveau port était en pleine construction, sur les terres du royaume de France, il allait permettre à Louis IX un accès à la mer, Marseille étant une ville de l'Empire germanique.

Le marchand est fort courroucé. Depuis le temps que son chargement a appareillé, il aurait dû largement être en amont de Vienne.

Dans une auberge peu reluisante, le négociant a passé une mauvaise nuit et, réveillé au petit matin par le coq du courtil, il espérait bien que le bateau serait enfin en vue. Mais rien. Il s'est donc décidé à faire demi-tour pour s'aviser de ce qu'il se passait, mais après un galop de trois bonnes lieues, aucune barge ne se présente à l'horizon !...

– Quelle lenteur insupportable, maudit soit ce nocher incompétent !

Il poursuit à une allure plus modérée ; le pas tranquille de son fidèle Vaillant lui communique le calme dont il a bien besoin et il arrive près du long bâtiment d'une corderie.

– Voilà un bon endroit pour me reposer un peu et manger un morceau.

Adossé au mur de planches et de torchis, il sort de sa besace un quignon de pain, un oignon et du fromage de chèvre. La frugalité de ce repas contraste singulièrement avec la position de bourgeois à laquelle il prétend si farouchement. C'est comme un répit dans son ascension forcenée, une trêve qui le relie à la pauvreté de son enfance.

Il avait dix ans lorsque son maître, Pons de Chaponnay, après une longue absence, était revenu de Constantinople. Le jeune Amaury faisait alors partie de sa maisonnée et gagnait sa vie, tantôt portant les ballots, chargeant les charrettes, tantôt s'activant à l'écurie à bouchonner et nourrir les chevaux.

Fabuleux retour...

C'est les yeux écarquillés d'émerveillement qu'il avait assisté au déballage de toutes les richesses rapportées d'Orient. Des couleurs chatoyantes, des parfums inconnus, des métaux précieux s'amoncelaient dans les coffres et l'adolescent qu'il était ne pouvait détacher son regard de cette incroyable cargaison.

Son maître était parti avec la croisade en 1202 et il était revenu sept ans plus tard, couvert de richesses et bien implanté autour de la mer Noire par un solide réseau commercial. Grâce à son intelligence et son intuition des affaires, il avait même acquis un fief en Syrie et était devenu un familier des empereurs d'Orient, Baudoin de Flandres et puis surtout Henri de Hainaut. Dans ses bagages, une précieuse relique, un morceau de la vraie croix, lui avait valu bien des honneurs, et surtout la faveur des chanoines et de l'archevêque Renaud.

Comme c'est loin ce souvenir… Il se rappelle la fierté ressentie lorsque Me Pons l'avait choisi comme valet pour l'accompagner dans les foires et chez les banquiers italiens tout nouvellement installés. Habile, rusé et tenace, il s'était alors juré de saisir toutes les opportunités qui lui permettraient de sortir de sa condition, même si l'état de marchand était encore suspect aux yeux de l'Église.

À quinze ans, la chance fut décisive ; il embarqua avec son maître, Pons de Chaponnay et son fils Gaspard, pour ces contrées lointaines où l'on pouvait en peu de temps devenir si riche. Il acheta et vendit tout ce qui se présenta à sa portée. Un plateau de cuivre ciselé d'argent fut le premier objet qu'il négocia avec un profit considérable et depuis, de multiples marchandises étaient passées entre ses mains jusqu'à cette cargaison qui lui donne tant de soucis.

Ce désagréable rappel provoque une contraction de son visage et d'un geste rageur, il serre le poing sur son croûton...

Des sacs de chanvre, entreposés à l'entrée de la corderie, dégagent une odeur douceâtre qui se mêle à celle du fleuve. À l'intérieur du bâtiment, on entend le va-et-vient des hommes qui tressent les longs cordages. Une charrette brinquebalante, lourdement chargée, grince en sortant par la grande porte de la bâtisse. Une flèche bleue pique dans la rivière, un martin-pêcheur vient d'attraper une ablette.

Me Amaury a terminé son frugal repas. Il essuie son couteau sur le revers de sa manche et se relève en secouant les miettes qui sont tombées sur ses chausses et son bliaut. Il tend l'oreille...

Ce sont bien le chant et le ahanement des haleurs qui parviennent jusqu'à lui... Il se hâte sur la rive, met ses mains en visière et aperçoit au loin les hommes qui tractent la barge. Ils sont une bonne vingtaine, la bricole sur l'épaule, le corps ployé en avant, à tirer de toutes leurs forces un convoi de plusieurs embarcations.

Me Amaury presse le pas en direction du bateau. Le nautonier l'a aperçu et vient à sa rencontre.

La colère du marchand est un peu retombée, bientôt le chargement sera dans son entrepôt de Lyon et il va retrouver sa demeure et sa jeune épouse...

# 11

Des pas résonnent dans le vestibule…

Debout près de l'âtre où une flambée a été allumée malgré le temps doux qui annonce les jours printaniers, Éléonore se fige comme une statue de marbre. Sa silhouette gracile et souple s'efface en cet instant derrière une effigie tendue et l'esquisse d'un timide sourire de bienvenue n'atténue pas vraiment l'appréhension de ces dernières semaines. Elle guette l'imminente arrivée de son époux et ne sait plus si elle est heureuse de cette approche ou si elle la redoute. Dans sa poitrine, elle n'arrive pas à calmer les battements de son cœur qui s'affole et bat la chamade.

Sa longue patience a pris fin… L'imposante stature de Me Amaury s'encadre dans la porte. Ses bottes où la boue du chemin a laissé quelques traces martèlent le dallage noir et blanc, jonché d'herbe fraîche.

Comme elle est troublée par la senteur de musc et de cuir qui le précède ! Pourtant, l'espace entre elle et lui semble démesuré et le temps pour le franchir interminable car, en la saluant, ce n'est pas son visage, ou si peu, qu'il regarde… Après quelques pas résolus, il s'arrête à une toise d'elle, incline la tête et ses yeux se posent sans aménité sur les plis du surcot de soie bleue, que la jeune femme a choisi et revêtu à son intention. L'étoffe légère qui épouse la taille mince ne laisse apercevoir aucune rondeur prometteuse, alors instinctivement, comme pour cacher ce ventre inexorablement plat, Éléonore croise ses mains devant elle, essayant de dissimuler leur léger tremblement. Ses craintes sont justifiées et l'attitude de son mari donne raison à l'anxiété qui ne la quitte pas depuis ces derniers temps, sa gorge se serre et elle retient à grand-peine une brusque montée de larmes « Comment ne pas perdre la face, rester calme quoiqu'il advienne ? »

Sur le visage de l'époux, un pli amer se transforme vite en un masque de courtoisie de bon aloi. Il se reprend, même si des sentiments contradictoires s'agitent en son for intérieur. Après son absence prolongée, il était, comme à chaque retour, impatient de la revoir, de reprendre des relations affectueuses, mais surtout de découvrir enfin, en celle qu'il a bien aimée, un signe de fécondité. Mais son espoir si brutalement déçu gâche encore une fois leurs retrouvailles et cela le contrarie. Aucun reproche cependant, mais ce qu'Éléonore discerne est bien pire qu'une remarque défavorable : M$^{e}$ Amaury la détaille avec une commisération qui la blesse profondément, et lorsqu'il se décide à la serrer dans ses bras, elle est soulagée d'enfouir sa tête au creux de sa poitrine pour y cacher son immense désillusion. Elle sent bien que la pitié et l'amour ne sont pas compatibles. La pitié est la forme malingre de l'amour. « Que reste-t-il des flamboiements d'hier, quand on a ce regard-là », se dit-elle, le cœur chaviré. « Des cendres où les derniers tisons ne réchauffent plus qu'un pauvre résidu desséché. » Les paroles peuvent mentir, mais les regards, eux, ne peuvent pas tromper. Parfois, certaines rencontres, même furtives, vous donnent cette impression magnifique d'exister, d'être quelqu'un qui peut compter parmi les autres, d'avoir sa propre valeur. Il y a des échanges, aussi brefs soient-ils, qui ravivent la confiance en soi, qui rendent plus dense, plus vivant. Mais là, brusquement, elle vient d'être condamnée à l'insignifiance, elle n'a plus qu'à se fermer, rentrer dans sa coquille minuscule, dérisoire, s'excusant presque d'être là, importune, honteuse en tout cas de ce qu'elle est.

Alors du fond de son désarroi, elle se souvient de la phrase de la recluse : « Relève la tête, tu es à l'image de Dieu, créature sacrée, digne et tu n'as pas à rougir de ton destin. » C'est comme un mince regain de vaillance. Elle entend les mots, mais le message n'arrive pas vraiment à s'insinuer dans le creux de sa souffrance. Qu'importe, avec le temps, ils traverseront sa conscience et l'aideront à reprendre pied. Pour le moment, ce qui lui permet de faire face, c'est l'amour qu'elle-même continue d'éprouver pour son époux. De sa blessure à elle, elle remonte à la sienne, chemine à sa rencontre. Elle retraverse son histoire, marche dans son passé avec indulgence pour déceler les traces indélébiles qui l'ont façonné. Tous les escaliers gravis par cet homme pour échapper à la pauvreté de l'enfant qu'il fut, toute cette intelligence du commerce qu'il a déployée pour gravir avec obstination les degrés de son insertion dans le monde des bourgeois, tout cela, qui s'en irait un jour dans la tombe avec lui, sans avoir eu la satisfaction de transmettre à un fils son héritage, le fruit de son travail tenace et ambitieux. Elle émerge de sa peine au prix d'une volonté qu'elle croyait anéantie, se détache de son apitoiement sur elle-même, pour comprendre et partager son désappointement à lui. Cet effort de transparence et d'altérité, c'est comme un pont jeté entre eux. Le franchira-t-il ? Elle n'en est pas sûre, loin de là, mais cette avancée vers lui libère un peu l'étau qui l'enserre. Elle respire profondément, va chercher cette bouffée d'air frais dans le coin secret du bonheur passé, se dégage des bras qui la bercent comme une petite fille fragile, lève son visage vers lui, tend ses lèvres pour recevoir le baiser de paix. Qu'au moins une trêve apporte à ce retour de la douceur, qu'il n'y ait pas d'éclats irrémédiables, de paroles dures, irréversibles, que ce moment partagé soit malgré tout vécu dans la bonne entente.

Ils vont s'asseoir sur les chaises à haut dossier, de chaque côté de la cheminée. Le crépitement du feu, les flammes qui dansent, les étincelles qui jaillissent, la chaleur bénéfique rendent l'atmosphère moins tendue, le silence moins oppressant. Marion apporte discrètement deux coupelles d'étain, l'une remplie de pâtes de coings et l'autre de dragées, des confiseries confectionnées par Éléonore avec les fruits du jardin. M$^{e}$ Amaury, distraitement, goûte ces douceurs et se carre plus posément dans son siège, il décroise ses longues jambes et réchauffe ses pieds en les approchant des bûches qui se consument allègrement.

Ils évitent avec soin le sujet qui les préoccupe tous deux. Éléonore parle des rumeurs de la ville, de la visite du Pape, de Martin, de ses projets de jardin. Elle parle, un peu trop vite, elle ne veut pas laisser à l'intervalle blanc une occasion de rompre l'harmonie menacée de leur tête à tête. Le pli dur, sur le visage de son époux, ne s'est pas définitivement effacé, il revient par intermittence lorsque le masque tombe et que son naturel reprend le dessus. Retiré en lui-même, il écoute à peine les nouvelles qu'on lui donne, le menu quotidien de la maison, les événements, rares, il est vrai, qui ont émergé de la monotonie des jours. En repoussant une bûche avec le tisonnier, il réfléchit rapidement. C'est un homme de décisions, habitué à trancher. Mais comment asséner, à celle qui est si vulnérable et tendre, l'issue inévitable qui s'impose peu à peu !

Durant ces derniers temps, malgré l'effervescence de ses affaires, ses pensées sont revenues souvent tourbillonner autour de cet amour qui s'éloigne, et puis reprend vie, et finalement ne sait plus très bien quelle direction prendre. Ce n'est pas si simple que cela de répudier sa compagne qui, depuis sept ans, l'entoure d'attentions délicates et lui donne encore tant de plaisirs plus intimes. Si pour le négoce il n'a jamais d'hésitations, dans le domaine des sentiments conjugaux, il a l'impression d'être beaucoup plus indécis et ses atermoiements l'agacent.

Des images de sa jeune épouse au premier temps de leur mariage lui reviennent comme un flot de reproches désagréables, qu'il essaie de chasser : Éléonore flânant délicieusement dans les allées de son jardin, penchant sa gracieuse silhouette sur les roses du soir, levant la tête vers les nuages ou les oiseaux. Il la revoit aussi dans la joie de sa première maternité, tellement sereine, brodant un petit bonnet avec tendresse au coin de la fenêtre, un sourire confiant sur les lèvres.

Il avait partagé son affliction du fond du cœur après la naissance de son enfant mort-né, mais il était tellement persuadé que peu de temps après, une nouvelle grossesse effacerait les mauvais souvenirs et que la trame des jours reprendrait dans un bonheur paisible et sans soucis, que sa peine avait été vite reléguée au fond de sa mémoire. Mais voilà, on ne dirige pas aussi facilement son destin que le commerce !

Éléonore en face de lui continue de meubler le silence, attentive aux nuances qui transparaissent sur le front de son époux. Elle répète la question qu'elle vient de poser, en élevant juste un peu la voix :

– Êtes-vous délassé, mon ami ?

M^e^ Amaury redresse son buste et la regarde vraiment cette fois. « Comme elle semble exténuée, se dit-il, ce n'est pas le moment d'aborder la question qui me taraude, laissons passer cette soirée, je ne peux pas la faire souffrir en cet instant, ce serait sûrement la briser. Pas maintenant, attendons demain… »

Malgré lui, il est sensible au charme de sa présence, à l'étrange douceur de ses grands yeux, où passe la mélancolie. Enfin il répond :

– Merci, ma mie, vous êtes toujours si attentive à mes désirs, je vous suis reconnaissant.

À peine ces mots prononcés, il est courroucé de ce qu'il vient de dire, il aurait voulu être plus distant, arrêter ces tergiversations, devenir aussi froid que sa volonté d'en finir, une bonne fois pour toutes. Il est un être dédoublé et ne se reconnaît guère dans ces allers-retours de sa conscience et de ses sentiments qui ont bien du mal à mourir. Promptement il se lève, prétextant une visite à l'écurie où il doit vérifier que Janequin, le valet, a bien bouchonné son cheval.

# 12

Pour ne pas rester en face de la chaise vide, Éléonore descend à la cuisine par l'escalier en colimaçon. Elle a éprouvé un malaise croissant tout au long de leur entrevue et intuitivement, elle pressent que leur histoire s'enlise et que cette fois-ci, ce sera bien difficile de sortir de l'ornière. La présence de Marion et Coline va l'aider à ne pas s'effondrer.

Le couteau hache finement l'échalote qui va être ajoutée au thym, à la sauge et à la marjolaine pour parfumer les morceaux de coq qui attendent dans la marmite. Les joues rougies par l'effort et les braises du foyer, Marion s'active à gestes mesurés, déployant le savoir-faire acquis depuis tant d'années au service de cette maison. Avec le temps, elle est devenue bien plus qu'une domestique. Même si la réserve qui sied à son rang ne se dément jamais, une réelle complicité, presque une amitié, lie les deux femmes.

Éléonore tient à mettre sa touche personnelle à la préparation du plat, avec une cuillère elle ramasse les herbes, les mélange dans un bol de bois et un agréable fumet se répand dans la pièce. Les mains occupées, encore une fois, évacuent ses soucis. Toute son attention est délibérément portée sur la recette. « Être dans l'instant présent, se dit-elle, m'efforcer de ne pas laisser vagabonder mes pensées ni sur ce qui va suivre, ni sur ce qui précède. » Un peu de sel et même une fine mouture de ce précieux poivre qu'elle conserve dans une boîte fermée à clé... Marion lui tend le pichet, elle verse alors un vin, provenant de leur cépage du beaujolais, sur la volaille qui embaume.

– Coline, as-tu donc fini de rêvasser, gronde la servante, dépêche-toi de peler ces pommes et de les disposer sur la tarte. A-t-on déjà vu pareille dégourdie !

La jeune fille va chercher la panière sans trop se presser, elle a l'habitude des réprimandes, mais ne s'en effraie guère car elle connaît la bonté de son aînée même si elle se dissimule sous une rudesse passagère. « Vieille bougon », ronchonne-t-elle entre ses dents, avant de s'asseoir sur le tabouret. La saynète a fait diversion et Éléonore arrive presque à s'en amuser. Elle s'approche de la penaude et l'aide à disposer les lamelles de fruits sur la pâte étalée finement.

Il faudra bientôt mettre la table sur les tréteaux dans la salle à manger, la recouvrir de la nappe blanche sur laquelle on posera le chandelier. Éléonore a envie de retarder l'heure du souper, alors elle trouve mille activités à parfaire avant d'aller quérir M^e^ Amaury. Sur le dressoir, elle vérifie qu'il ne manque rien, elle ajuste une cuillère, rectifie la place d'un gobelet ou d'un hanap, elle va remplir une aiguière d'eau fraîche à la cruche de grès.

En soupirant, elle réajuste sa guimpe sur ses cheveux aux nattes relevées, le voile léger couvre sa nuque jusqu'aux épaules et pour mettre un peu de rose à son visage trop pâle, elle pince discrètement ses joues. C'est un geste d'amour, une ultime tentative de séduire celui qu'elle voudrait tant garder auprès d'elle.

Dans l'écurie, M^e^ Amaury aussi diffère le moment de retourner au logis. Il aime la compagnie de son cheval. Tant de routes ont été parcourues sur cette fidèle monture. Il flatte les naseaux de l'alezan, passe machinalement sa main sur le pelage soyeux tandis que Janequin apporte une botte de paille qu'il épand sur le sol. Le cliquetis de l'attache contre le râtelier, la bonne odeur du fourrage et la chaleur animale donnent au maître de céans une sensation de bien-être. « C'est cela aussi un retour, se dit-il, la saveur des choses et des endroits familiers autour d'Éléonore. » Il y a toutes ces habitudes paisibles, ces gestes qu'on n'a pas à réapprendre, ces senteurs et ces bruits qui vous disent la rumeur tranquille de la maison. Se poser là, loin de l'agitation des routes, du tumulte des foires, des auberges si souvent bondées et malpropres et trouver le repos mérité pour quelques jours.

Mais ce soir, il manque l'essentiel à son bienheureux répit…

Il repense à la nièce du chanoine Fulbert, son ami de longue date. « Une bonne poulinière, celle-ci, plantureuse, les hanches larges, la croupe avenante, de quoi porter au moins une demi-douzaine d'enfants ! » Il l'avait rencontrée aux abords de la cathédrale en plein chantier, où travaillaient les maçons, les sculpteurs, les charpentiers, et bien d'autres. À l'extérieur de l'enceinte, on avait empierré les rues adjacentes pour que les lourdes charrettes puissent acheminer les matériaux sans s'embourber. Le chanoine relevait précautionneusement l'avant de sa soutane, pour franchir les dernières coudées qui le séparaient du parvis, quand il avait aperçu de loin Me Amaury. Il lui avait fait un signe amical pour le saluer et lui avait ensuite présenté la jeune fille.

Pourquoi maintenant cette réminiscence s'impose-t-elle à lui ? Il irait un de ses jours faire une visite au chanoine… « Cette fille n'a rien de la grâce d'Éléonore, et il n'est pas sûr que l'Église m'autorise à répudier mon épouse pour motif de stérilité. Peut-être la présence du Pape à Saint-Just pourrait-elle favoriser et accélérer ma démarche. Il semble bien intentionné vis-à-vis des Lyonnais qui l'accueillent avec largesse… »

Le cheval hennit et ébroue sa crinière. Cela le ramène au présent. « Nous n'en sommes pas encore là, maugrée-t-il, ma décision n'est guère facile. La nuit porte conseil et j'aurai les idées plus claires demain matin. »

# 13

Les courtines ont été soigneusement fermées autour du grand lit. Marion a passé comme de coutume la bassinoire de cuivre pour tiédir la couche, et ce faisant, elle a prié sainte Opportune et saint Pothin de bénir ses maîtres et d'exaucer leur désir, puis elle a touché avec ferveur le buis béni, qui du jour des Rameaux est fixé à la croix d'ivoire. Ensuite elle s'en est allée finir sa vaisselle et les rangements de l'après-souper…

L'alcôve est prête pour un bonheur enclos sous la chaleur des fourrures. Est-ce que tout ce préambule suffira à conjurer le mauvais sort qui paraît jeté sur ce ménage en péril ?

Les époux restent longtemps allongés sur le dos, sans bouger, sans parler, comme des gisants de pierre dont la vie s'en est allée, à l'image de leur amour qui a si froid ce soir. Au bout de ce vaste silence immobile, d'une main douce Éléonore effleure la hanche de l'homme dépité qui semble somnoler à son côté. Cette légère caresse réveille en lui une sauvagerie insoupçonnée et sans tendresse, il se retourne sur elle et la prend vite. Il la pénètre avec rudesse, d'un frénétique assaut, et éprouve du soulagement quand la besogne est terminée.

Il n'est pas fier de lui, voudrait effacer par magie ce qu'il vient de faire, mais il se retourne de l'autre côté, se recroqueville et cherche vainement le sommeil comme une issue passagère à ce lamentable échec. « Qu'est-ce qui m'est passé par la tête, dans quel marécage s'est enlisée notre tendresse... » Les gestes doux, attentionnés, la lenteur des caresses, les frôlements prometteurs, qui si souvent les ont conduits ensemble à la fête de l'amour, ont été sabotés, gâchés, éliminés avec une violence qui le sidère et le dépasse.

Des larmes ruissellent sur l'oreiller de plumes et une sensation de froid humide ajoute à la détresse de sa compagne humiliée, bafouée, qui croit atteindre le paroxysme de ce qu'elle peut souffrir. À intervalle régulier, elle entend l'appel du guet qui passe dans la rue : « Dormez, bonnes gens » et a l'impression d'une incongruité. La nuit sera prémices d'éternité, elle voudrait s'y engloutir, ne plus jamais avoir à se lever, à affronter le jour et les tourments qui lui sont enchaînés. Sa respiration trop rapide et douloureuse dans sa gorge va pourtant peu à peu redevenir plus paisible. Du gouffre d'un tel désespoir, elle fait appel au Seigneur, son rempart et son rocher. Que peut-elle faire d'autre que confier cette immense peine et son avenir aussi sombre qu'un ciel d'orage dont les éclairs ne fendent les nuages que pour les déchirer ? L'aube tarde à venir malgré sa supplique répétitive qui atténue quelque peu sa solitude. Ce n'est que vers prime qu'elle s'assoupit enfin.

Un galop rapide la réveille en sursaut. Elle pose sa main à côté d'elle, le drap froid confirme une évidence. Il est parti. Le martèlement des sabots sur les pavés décroît, à mesure que l'offensive du jour remonte à la surface de sa conscience. Ce départ sonne comme un glas dans la nuit qui voudrait s'attarder et enveloppe de ses oripeaux grisâtres le corps éreinté d'Éléonore.

Il va droit devant lui, sans but précis autre que la volonté d'effacer les cauchemars nocturnes et de mettre de l'espace entre lui et son comportement inavouable. Sur la place du couvent des Cordeliers, déjà quelques franciscains passent la porte cloutée. Il suit la berge du fleuve qui roule son flot capricieux, abondé en cette saison de l'écoulement des neiges et des impétueux torrents de montagne. De lourdes ondulations précipitent le courant et le coursier accélère vers le sud, comme s'il voulait, au même rythme que le Rhône, arriver à la mer, s'y jeter rageusement et voguer vers un pays d'oubli. Il galope le long de la vigne de Belle Cour, et arrive en vue des murailles d'Ainay.

Autour de l'abbaye, la campagne s'éveille, les manants, une houe sur l'épaule, s'en vont éventrer la terre à laquelle ils sont rivés, les ânes avancent de leur allure tranquille et obstinée, portant de lourdes charges sur leurs bâts, les poules ébouriffées s'affolent au passage du cavalier, un chien famélique essaie vainement de le suivre. Me Amaury force encore l'allure, jusqu'à ce que sa monture écumante se remette à un pas plus modéré, derrière une gardeuse d'oies qui conduit son troupeau. Cette course l'a vidé de sa colère et s'il fait mine encore de blâmer le ventre plat d'Éléonore, c'est pour donner de la consistance à sa résolution vacillante de la répudier.

Au confluent, il tourne bride et revient sur ses pas. C'est au petit trot qu'il remonte et arrive ainsi en vue de la grosse tour du Bèchevelin, bâtie de l'autre côté du Rhône, sur la rive de l'Empire, pour protéger l'entrée de la ville du côté du levant. Il voit la file déjà longue des voyageurs qui vont s'acquitter de l'octroi avant de prendre place sur les barges à fond plat. Ces embarcations remplacent le vieux pont du Rhône effondré au siècle dernier au passage du roi Philippe Auguste et des chevaliers de la croisade. Depuis ce drame meurtrier, plusieurs projets de reconstruction n'ont pu aboutir.

Ce rythme régulier lui permet de réfléchir à la situation, mais il aurait bien besoin de démêler l'écheveau de ses pensées et sentiments avec un conseiller avisé. Une visite au chanoine Fulbert s'impose alors, pour le conforter dans son intention hésitante. Il longe à nouveau la vigne de l'archevêché et arrive sur le quai de Saône en laissant derrière lui la commanderie des templiers. Il suit la rivière jusqu'au pont, le traverse puis redescend sur la rive droite, en ralentissant encore, vers les fortifications du grand cloître, où la presse est de plus en plus dense. On commence à s'habituer maintenant à croiser les cardinaux, coiffés de leurs chapeaux rouges, qui descendent de Saint-Just par le Gourguillon, pour s'entretenir avec les membres du chapitre de Saint-Jean. Dans le port de la cathédrale, des bateaux remplis de pierres et de bois seront bientôt déchargés sur des chariots et acheminés vers le parvis où le chantier est déjà en pleine effervescence. Derrière le chevet, le maître verrier surveille de près sa livraison précieuse et salue l'arrivant. Il reconnaît en lui un généreux donateur qui, avec quelques notables, a financé en grande part la réalisation des roses du transept, espérant s'assurer ainsi de la clémence divine pour le repos de leurs âmes et de celles de leur famille.

## 14

Pendant ce temps, Éléonore s'est réfugiée dans son jardin pour panser sa plaie vive. Mais le cerisier en fleurs éclabousse le ciel limpide de ses pétales blancs, déploie son imperturbable allégresse avec insolence. Pas un seul nuage ne vient ternir l'azur d'un léger voile de brume et le soleil qui monte au levant lui fait l'effet d'une imposture. Le chagrin se mue en un grondement sourd dans son âme torturée. Elle voudrait boire à toutes les fontaines du firmament pour trouver l'eau qui la ferait renaître à une autre existence, mais Dieu a tari toutes les sources. Il se tait, Il est absent.

Elle s'arrête soudain, médusée, au bord du blasphème. Une voix familière, mais impérieuse s'insinue dans le cours de sa tumultueuse réflexion. Elle est effarée de sa révolte, elle, d'habitude si docile, alors, avant de rejoindre Saint-Nizier pour la messe quotidienne, elle implore la miséricorde du Tout-Puissant : « Seigneur, pardonnez-moi, pardonnez ma faiblesse et mon incompréhension de votre Volonté. »

Sur les dalles froides de l'église, Éléonore s'est agenouillée, la tête dans ses mains, mais le calme tarde à revenir. Dans sa tête, tout s'entremêle, les souvenirs éprouvants, l'angoisse de l'avenir, sa honte et son impuissance. Les mots qui se bousculent en désordre et se précipitent avec impétuosité dans une impasse n'arrivent pas à franchir le seuil de ses lèvres. Elle reste prostrée, anéantie par le tourbillon fou de ses pensées obsédantes.

Elle n'a pas remarqué la présence de Martin, qui s'est faufilé dans la foule pour arriver jusqu'à elle. La nef est pleine, comme chaque matin, et le curé de la paroisse s'apprête à célébrer le rituel quotidien.

Des prières entonnées énergiquement par le prêtre, des répons psalmodiés à mi-voix, du va-et-vient des fidèles, du bruissement des étoffes, Éléonore n'entend rien, tant l'effervescence de son esprit occulte tout, en fond sonore bruyant à l'intérieur de son âme. Dieu n'a pas sa place dans ce déchaînement-là, Il aime les retraits silencieux...

*Ite missa est.* On se retrouve bientôt sur le parvis où chacun commente le prêche que l'éloquence du curé Bertoux a fait retentir sous les hautes voûtes.

– Le départ est prévu pour juillet, lance une commère sur un ton enjoué.

– Avez-vous l'intention de suivre ce pèlerinage ? enchaîne une autre paroissienne.

– Peut-être, si mon mari est d'accord.

Ce bourdonnement d'hommes et de femmes bavards demeure étranger à Éléonore qui n'a rien retenu de l'homélie. Martin s'approche d'elle et la prend par le bras pour la reconduire au logis. Son état d'hébétude ne lui a pas échappé et il éprouve une peine sincère à voir la détresse de sa sœur. « Je vais la sortir de là, se dit-il ; si je ne prends pas une décision rapide, elle risque bien de tomber malade, sa langueur s'accentue de jour en jour et sa silhouette s'amenuise à tel point que je la sens à peine peser à mon côté. »

Les cloches carillonnent à la volée, en ce matin d'avril, et une douce chaleur est bienfaisante aux passants. Après avoir quitté l'église, ils traversent la paroisse, s'engagent dans la rue de la Poulaillerie, puis dans la rue du Bois et progressent jusqu'au quartier neuf qui, depuis quelques dizaines d'années, a émergé sur les terrains d'Ainay. Les marécages ont été asséchés et l'abbaye a cédé des parts de sa propriété pour répondre à l'augmentation notable de la population, à ses nouveaux besoins de logements et à l'accueil des frères prêcheurs et des frères mineurs qui ont pu y édifier leurs couvents. C'est dans ce quartier que, revenant de Constantinople, M^e^ Amaury a fait construire sa maison. Les amples proportions et le choix des matériaux témoignent de sa récente aisance. Au tournant de la rue de la Ferrandière, on aperçoit déjà les fenêtres à meneaux et les colombages de châtaignier, au-dessus du soubassement de belles pierres de taille. Janequin passe le porche derrière un chariot de bois.

Le frère et la sœur vont s'asseoir sur le banc du jardin. « L'appel du curé Bertoux est peut-être bien une solution », se dit Martin avant d'en parler à Éléonore. Pendant le trajet, il a réfléchi à cette idée de pèlerinage à Sainte-Foy de Conques. « Ce n'est pas Compostelle, mais c'est sur le chemin. D'ici juillet, elle aura pu reprendre des forces et un éloignement de quelques semaines lui ferait le plus grand bien. Mon beau-frère a ses qualités, mais son ambition sans mesure le rend parfois dur et inflexible. Il n'est pas de ceux qui acceptent les contrariétés et s'y plient de bon gré, avec lui, tout doit aller droit ou casser, alors parfois son épouse ne doit pas peser bien lourd dans la balance... Il l'aime sans doute, mais à sa façon, comme si elle était sa propriété docile, et il a été bien heureux d'accroître sa fortune naissante de la dot que lui a apportée son mariage. Enfin, c'est elle qu'il faut sauver, je le déciderai bien à laisser partir Éléonore, si je lui suggère qu'une multitude de bienfaits peuvent retomber sur sa maison à l'issue de cette démarche de foi. »

– Éléonore, que pensez-vous de ce pèlerinage auquel nous convie le prêtre de notre paroisse ?

– Je dois avouer que j'étais quelque peu distraite ce matin et que je n'ai pas suivi avec grande attention la messe. J'ai mal dormi et la fatigue m'enlève de la vigilance.

– Un changement vous ferait le plus grand bien, ma mie. Pour résumer le projet du curé Bertoux, voici ce dont il s'agit : une marche vers Conques est prévue et le groupe de Saint-Nizier se joindra à d'autres marcheurs de Dieu venant de régions voisines. Beaucoup de prières sont exaucées durant ces cheminements. Quand plusieurs voix s'élèvent ensemble, Dieu les entend mieux.

– Je crains de m'engager dans un périple aussi hasardeux, je n'ai jamais quitté Lyon et ses alentours.

– Si cela peut vous rassurer, il ne me déplairait pas de vous accompagner. Vous vous doutez certainement que ma vie est plus souvent dirigée par les jouissances terrestres que par le souci de mon âme. Il est temps pour moi aussi de faire cette démarche. Et puis, le Pape dans notre ville bénira certainement notre troupe au départ, je vois là un excellent présage.

Éléonore se souvient subitement de la vision de la recluse, lorsqu'elle est allée la visiter à l'île Barbe : « Dieu va te demander une longue marche. » Elle lève vers Martin un visage qui s'éclaire. « C'était donc cela, un appel à partir vers un lieu saint. Elle a vu juste, l'enlisement de mon amour et de mon avenir est tel qu'il faut bien envisager une décision qui aille au-delà de mes oraisons quotidiennes. »

– Laissez-moi quelque temps pour me décider, mais dès à présent, je vous remercie sincèrement de votre sollicitude. Votre bonté me va droit au cœur et j'ai bien besoin de réconfort en ce moment.

Elle ne va pas plus avant dans la confidence, ne sachant ce qui la retient vraiment, de la pudeur ou de la honte. Ils se taisent, mûrissant de concert les propos qui viennent d'être échangés.

Soudain la caresse du soleil se fait plus vive, il semble que les passereaux reprennent leurs mélodies et leurs vols gracieux. Un souffle d'air passe sur le jardin, fait frissonner les herbes frêles de la pelouse et les jeunes feuilles du tilleul. Le lilas embaume et ses grappes mauves invitent les abeilles bourdonnantes. « J'avais oublié les senteurs et la beauté du printemps, murmure tendrement Éléonore, parfois les soucis sont si envahissants qu'ils ne laissent plus aucune place à ce qui nous est généreusement prodigué par le Créateur, à tout instant. Quels ingrats sommes-nous ! Si nous savions nous délester de nos préoccupations, que de joies pourrions-nous cueillir ! » Une profonde respiration donne de l'espace à son être, éloigne l'angoisse de la nuit. « Allons, courage, tout n'est peut-être pas perdu. »

# 15

Devant son lutrin de chêne sculpté, posé près de la fenêtre, le chanoine Fulbert, debout, relit à mi-voix l'évangile de ce matin : « Tout ce que vous aurez lié sur la terre… » Du livre enluminé avec art, doré à la feuille et dont la calligraphie est soignée, il n'est attentif qu'à ces lignes. À peine a-t-il fini le texte qu'il y revient, module les mots comme s'il voulait se les approprier, en goûter toutes les facettes, en extraire la substance essentielle. Et du Verbe, il remonte à ce que cela signifie dans sa propre expérience, médite sur la portée de ces paroles et le sens qu'il peut leur donner aujourd'hui.

Son vieux chien noir, couché à ses pieds, remue la queue, de temps à autre il tourne la tête vers son maître pour chercher une caresse, émet un grognement satisfait lorsque la main du saint homme lui gratte distraitement l'encolure.

L'écritoire, au centre de la pièce, déborde de parchemins, de feuillets annotés, de calames, de canivets, de plumes d'oie qui attendent d'être taillées, mais à part ce désordre, la pièce est sobrement meublée ; il est vrai que le chanoine accorde plus de valeur à ses ouvrages, à la nourriture intellectuelle qu'à un aménagement douillet de son intérieur, incitant à la mollesse de l'esprit. Une roue à livres chargée de codex précieux, usés par de longues heures d'étude, témoigne de l'étendue de son savoir.

La porte est entrouverte sur un jardinet où pousse en liberté tout ce que la nature, dans son exubérance, a bien voulu semer. Les passages réguliers maintiennent cependant la trace d'une allée où la terre tassée et durcie se craquelle par endroits. En de rares occasions, le jardinier s'attelle au désherbage, car cela importune le vieil homme, le dérange dans ses oraisons, ses méditations ou ses conversations attentives avec l'un ou l'autre de ses nombreux visiteurs.

Voici d'ailleurs quelqu'un qui s'approche, il vient d'attacher son cheval à l'anneau fixé dans le mur près de l'entrée du clos. Le pas est décidé. Fulbert abandonne l'évangéliaire avec regret, mais le laisse ouvert pour reprendre plus tard le fil de ses pensées.

– Dieu vous garde, Amaury, soyez le bienvenu. Quel bon vent vous amène ?

– Je ne suis pas sûr que ce soit le bon vent, plutôt la tempête, répond le nouvel arrivant. Son visage soucieux, où une ride de contrariété s'est accentuée, contraste avec la mine débonnaire et le ton jovial de son hôte.

– Que me contez-vous là, mon ami, auriez-vous des revers de fortune ?

– Non, les affaires continuent de m'apporter la prospérité, non, il s'agit d'Éléonore.

– Votre épouse est-elle souffrante ? Il est vrai que je l'ai rencontrée la semaine dernière et que je lui ai trouvé la mine bien chiffonnée.

– Ce n'est pas exactement de sa santé qu'il s'agit, non, plutôt...

Il s'arrête sur sa lancée, ne sachant comment formuler sa requête. Le religieux habitué à sonder les cœurs essaie de le mettre à l'aise.

– Parlez sans crainte, je peux tout entendre et ces murs épais nous mettent à l'abri des indiscrétions. Pour que nous soyons tout à fait tranquilles, je vais fermer la porte.

Les coups de marteau sur une pierre que l'on sculpte, le roulement d'une charrette sur les pavés, sont maintenant assourdis, mêlés aux rumeurs des voix, confondus avec les bruits des allées et venues des ouvriers de la cathédrale ou des passants. Amaury s'adosse au pilier de la cheminée, croise les bras, se redresse avant d'enchaîner sans plus d'hésitation.

– Voilà, il s'agit non pas de sa santé, mais de son incapacité à concevoir un enfant. À chacun de mes retours, j'espère la trouver grosse et que nenni, son ventre est toujours aussi plat. Vous savez bien que la venue d'un fils est pour moi la concrétisation de ma réussite. Sans héritier, quel sens prendrait ma destinée ?

– Tout doux, tout doux, mon ami, vous êtes en train de vouloir usurper un pouvoir divin. Je connais votre ambition, mais tout de même la vie, la naissance et la mort n'appartiennent qu'à Dieu !

Me Amaury se renfrogne, il ne s'attendait pas à ce que la discussion prenne dès le départ cette tournure-là... Son sang bouillonne, seule une grande maîtrise de lui-même rétablit une apparence de calme. Le chanoine ne s'y trompe guère, cependant il attend la suite.

– Bien sûr, je respecte la volonté de Dieu ; pourtant, j'ai ouï dire que dans quelques cas, l'Église autorisait la répudiation d'une épouse stérile.

– Il est vrai que certains grands de ce royaume, comme Louis VII, ont bénéficié d'une dispense papale dans cette circonstance. Aliénor fut déliée de son époux, mais il s'agissait d'une reine… Et puis on a découvert, bien tardivement certes, un cousinage au quatrième degré…

Les propos ne sont pas offensants, mais le ton enjoué laisse passer malgré tout la semonce et l'orgueil rabaissé du marchand descend d'un degré. C'est plus humblement qu'il ose ajouter :

– Je pensais que la proximité du pape Innocent IV aurait pu favoriser la légalisation de cette rupture. Il nous faut bien quelques faveurs pour compenser son hébergement dispendieux !

« Tout ce que vous aurez lié… » Et en son for intérieur, Fulbert commente : « Nous y voici, Seigneur, votre intention est claire, je ne dois pas l'inciter à briser son union, mais je dois agir avec doigté, ne pas m'opposer brusquement à lui et j'ai peut-être une solution momentanée… »

– Votre démarche me semble précipitée, Amaury, votre patience est mise à l'épreuve, ce n'est pas insurmontable, il vous faut accepter le temps de Dieu.

– Patience, patience… Il y a sept ans que notre mariage a été célébré !

– Éléonore n'a que vingt-trois ans, son avenir est encore largement ouvert. Voyez le roi de France, il a bien attendu plus de sept ans que son épouse Marguerite lui donne un premier-né. Abandonnez ce projet de répudiation, du moins pour le moment, transige-t-il. J'ai peut-être une proposition à vous faire, qui, sans servir directement vos intérêts présents, peut vous introduire auprès du Pape, ou tout au moins de ses cardinaux.

Le discours est clair et la fermeté n'invite pas à la réplique, mieux vaut ne pas revenir à la charge et se concilier les bonnes grâces du chapitre.

– De quoi s'agit-il ?

– Une ambassade se prépare à partir chez le grand Khan des Mongols et...

Le visiteur est ébahi par cette annonce, tellement loin du propos de sa venue. Mais il connaît la vivacité d'esprit de son interlocuteur et sa perspicacité, révélée en maintes occasions. Il le laisse donc poursuivre.

– Vous savez les troubles qui agitent ces contrées lointaines et surtout la rapidité avec laquelle ces barbares sont parvenus jusqu'en Pologne. L'archevêque Pierre de Rhuténie, arrivé depuis quelques jours à Lyon pour le concile, nous a donné des détails saisissants et atroces. Ils ravagent tout sur leur passage, on dit même qu'ils se nourrissent de chair humaine, mais la peur grossit parfois les réalités... Quoi qu'il en soit, leur avancée est une menace qu'on ne peut négliger. En 1240, le chef des armées, Batu et son fidèle général Subotaï, avec une troupe de cent cinquante mille hommes, ont détruit et pillé Kiev et en 1241, ils ont franchi la Vistule et mis le feu à Cracovie, avant d'atteindre Pest. Ils sont maintenant aux portes de Vienne. Le Pape, par souci de paix, a finalement renoncé à une croisade contre ces envahisseurs, et après mûre réflexion, envisage plutôt une conciliation.

Après l'envoi du dominicain Ascelin de Crémone au mois de mars, le Saint-Siège a désigné le franciscain Jean de Plan Carpin comme légat pour aller remettre au chef des Tatars un pli pontifical de la plus haute importance. Il souhaite convertir ces hordes sauvages, les baptiser et contenir leur prodigieuse invasion.

C'est un premier pas qui engage la vocation missionnaire de l'Église, met en évidence le haut désir de répandre la religion chrétienne et je me réjouis de voir que cela est un des enjeux majeurs du concile.

L'expérience des périples que vous avez effectués dans la région de Constantinople et de Damas, vos rencontres avec de nombreux marchands ou voyageurs venant d'Extrême-Orient pourraient apporter de précieux renseignements durant la préparation de cette mission fort hasardeuse.

À cette évocation, Amaury est transporté dans le passé. Il revit en pensée bien des aventures, et cela l'éloigne de ses préoccupations conjugales :

– Il est vrai que durant mon dernier voyage en Syrie avec Gaspard de Chaponay, j'ai ouï bien des rumeurs sur la toute-puissance de Gengis Khan et sur l'étendue vertigineuse de son empire. Dans les caravansérails où nous faisions étape, on évoquait déjà avec grande stupeur les chevauchées des cavaliers de la horde d'or et la rapidité des conquêtes mongoles. Tout cela est un peu loin, mais je me souviens avec précision des détails relatés à Antioche par un marchand vénitien qui venait de l'extrême orient.

– Et bien, toute cette mémoire me semble fort utile. Les frères prêcheurs sont armés d'une foi invincible, d'un courage à toute épreuve et aussi d'une expérience des voyages. Malgré tout, les contrées à traverser sont bien mal connues, les climats souvent extrêmes et les dangers innombrables. Toutes les informations sont les bienvenues et je suis sûr qu'Innocent IV accueillera vos témoignages avec beaucoup d'intérêt. Je vais dès aujourd'hui demander à notre Doyen de vous introduire à la Curie. Par ailleurs, il me semble important qu'un représentant de notre cathédrale soit mêlé quelque temps à la délégation papale. Vos oreilles grandes ouvertes et votre intelligence aiguë vous permettront de nous faire des rapports opportuns. Et si l'occasion s'en présente, mais plus tard… plus tard, on pourrait revenir au sujet qui vous préoccupe. Laissons passer l'été.

Amaury a vite calculé les avantages qu'il pourrait tirer de cette offre, mais en homme avisé, il diffère son approbation :

– Cette proposition me fait honneur, cher Fulbert, votre bon sens n'a d'égal que votre sagesse. Je vous remercie, mais avant de vous donner réponse, laissez-moi un court répit pour me décider.

– Certes, mon ami, certes, mais dépêchez-vous. Saint-Just est déjà dans l'effervescence du départ proche, fixé le jour de Pâques.

Le marchand n'est finalement pas mécontent de l'issue de la rencontre. Peut-être qu'il n'était pas vraiment prêt à rompre avec Éléonore… Cette perspective lui ouvre bien des possibilités. Dans l'entourage du Pape, on brasse beaucoup d'affaires, on a besoin de prêt d'argent et on rencontre aussi des gens venus de loin, et pas seulement des moines, ce qui est favorable aux échanges de marchandises…

Il a déjà le pied à l'étrier, quand il aperçoit une silhouette dansante venant à sa rencontre. Le balancement de ses hanches larges, sous la cotte de velours cramoisi brodée de chatoyantes fleurs, ne laisse pas le cavalier indifférent. Il saute sur sa selle, donne un coup de talon résolu au flan de son cheval et s'éloignant au petit trot, la salue brièvement sans s'attarder davantage. « Tudieu, peste soit de la femelle, marmonne-t-il entre ses dents, en voilà une que je culbuterais volontiers, cette Bertille qui va visiter son oncle, je la rencontre décidément bien souvent… »

# 16

*J'entends le grattement léger de la souris dans mon écuelle d'étain. Elle ronge un trognon de pomme et quelques miettes de fromage, de pain, reliefs de mon souper d'hier soir. Je ne la chasse pas... D'ailleurs, je suis peu importunée par les rongeurs et autres habitants souterrains. Ma cellule, bien que d'une extrême sobriété, a été bâtie avec soin d'après les directives de l'abbé Omarus, simple frère à l'époque, qui m'a introduite ici. Il avait donné des consignes fermes et précises pour assurer la salubrité de mon logis, dont je fus la première occupante.*

*Après mes longues années d'errance et d'hésitations, quand je pris la résolution d'être dès ici-bas au plus près de Dieu, familière de la mort, prête au grand passage, j'ai visité toutes les paroisses pour demander asile dans une recluserie.*

*Celle de Saint-Epinoy, au pied du château de Pierre Scize, venait d'être attribuée à une jeune veuve qui, par fidélité à son époux et désir d'être en totale communion avec lui, avait choisi cet emmurement. Je poursuivis ma quête.*

*Sous les remparts de la ville, Sainte-Marguerite était occupée de longue date par un religieux qui prodiguait de nombreux conseils à ses visiteurs et les étonnait par sa sagesse profonde. Près de la porte Saint-Georges, Saint-Martin-des-Vignes accueillait une vieille femme dont personne ne se souvenait précisément. On n'avait jamais entendu de paroles sortir de cette sombre cavité. On la savait encore vivante, à la provende qu'elle continuait de mendier au creux de sa main décharnée, sur le rebord du soupirail…*

*Une jeune fille, de sa voix mélodieuse, ne se lassait pas de rendre grâce et de louer, tout près de la Saône, à Sainte-Claire. Les paroissiens lui attribuaient quelques miracles, tels que la guérison d'un lépreux un soir de Noël. Elle bénissait la ville et nombreux étaient ceux qui lui devaient un bienfait. Saint-Marcel et Saint-Vincent n'étaient pas habitées. Leur état délabré attendait une réfection que les paroisses différaient par manque de finances.*

*Je n'appris pas grand-chose des autres logettes existantes, elles étaient occupées par des frères ou sœurs spirituels dont je me sentais bien proche. Dieu sait au bout de quelle traversée ils étaient arrivés là, ou quel repentir ils devaient expier jusqu'à l'heure de leur trépas, toujours dans la crainte de l'ange déchu et des horreurs de l'enfer… Une liste mentionnait le nom d'une quinzaine de postulantes espérant la place, il me fallait donc trouver un autre accueil.*

*Après cette vaine recherche et toutes ces portes qui se fermaient devant moi, j'aurais pu me décourager, mais le Seigneur veillait, accompagnait mes pas, et je savais que la ligne droite est souvent l'aboutissement de longues courbes. J'avais une fois pour toutes fait allégeance au temps, offert ma vie, confié mes jours. Mon âme, libérée de futiles préoccupations, était accordée à la joie. Au fil des années, je m'étais délestée et peu m'importait que l'événement fût celui que je prévoyais ou non.*

*Au bout d'un périple de longs mois semés d'incertitudes, une barque m'amena jusqu'à l'île Barbe où j'eus la chance merveilleuse de rencontrer Omarus. Calme, réfléchi, à côté de l'abbé Guillaume de Forez, il menait l'abbaye avec autorité et sagesse, clément quand il le fallait. Sa charge était pesante, mais grâce aux longues veilles de prière, où Dieu l'inspirait, il accomplissait sa mission de berger. Il était, sur terre, le relais du ciel, et avec confiance je lui parlai de mon lourd passé et de mes années d'errance. Je ne sais pas vraiment ce qui, contre toute attente, le décida à me garder au monastère. Ma noble origine pesa peut-être dans la balance, mais plus certainement, le songe étonnant qu'il eut des derniers temps de Vermance. Après m'avoir entourée pendant une année de préparation spirituelle, il fit creuser pour moi, sous le mur de l'abbatiale, le logis dont j'avais besoin.*

*J'entends le grincement d'une roue, le moine convers chargé de débarrasser le réfectoire pousse son lourd chariot de fer dans ma direction et je vais être obligée de déloger ma fureteuse, pour placer ma coupelle dans le tour et récupérer au passage le broc d'eau et le seau qui servent à ma toilette. Par mon soupirail, j'aperçois le froc blanc qui glisse sur mes barreaux et j'entends le cliquetis de la vaisselle.*

*Après cet intermède nécessaire quotidiennement, je profiterai de la lumière matinale pour lire dans mon évangéliaire le passage que le Seigneur va m'indiquer.*

*Souvent, je l'ouvre au hasard… Non, pas vraiment, car le hasard n'existe pas, en tout il y a intervention divine, puis je me recueille pour recevoir la parole nourricière, je prédispose mon âme au silence et je bénis d'avance ce qui doit advenir, même si ce moment est en apparence infructueux. Lectio divina. Je sais que dans mes balbutiements s'élaborent de prodigieuses révélations, insoupçonnées comme fleur au désert.*

*Devant moi, la page est offerte : c'est la sortie du pays de Pharaon :*

*« Dieu fit donc faire un détour au peuple par la route du désert et la mer des joncs. Ils avaient été expulsés d'Égypte, en effet, sans pouvoir prendre leur temps et même se faire des provisions. »*

*Les plans et le temps de Dieu ne sont pas les nôtres. Encore une fois, ma méditation s'oriente vers Éléonore. À quel détour l'attends-tu, Seigneur ?*

*Non, Dieu ne t'a pas quittée, ma fille, Il est là, au fond du bouillonnement de ton être, c'est toi qui t'es absentée, mais Lui a fait sa demeure en toi de toute éternité.*

*Tu as failli offenser le Père de ton blasphème, tes lèvres se sont fermées juste à temps… Enfin ta colère a surgi… À pas menus, il est vrai, sans débordements intempestifs, mais cet embryon de révolte est salutaire, elle est un sursaut vivant et sans doute le dernier rempart qui te protège de l'anéantissement. Si tu cries, même en silence, du fond de ta détresse, c'est que tu existes encore. Crier c'est prier, même mot en hébreu… Ce faible grondement n'est-il pas le surgissement ténu de ton courage qui va lécher tes blessures et te faire repartir de l'autre côté ?*

*Tu marchais peut-être dans des sentiers trop connus, monotones, insipides, trop sages à force d'être tristes... Il te faudra préférer l'inconnu, l'attitude folle à la raison répétitive, la rivière bondissante à l'eau stagnante. Les gestes affadis du quotidien t'ont tuée à petit feu et tes heures, toutes pareilles, ont un goût de cendres.*

*Tu as du mal à maintenir la vie, Dieu en toi, source et élan, pour butiner l'instant, savourer l'heure, te passionner pour l'aube, moissonner à pleins bras les années. Alors, même si tu es déroutée, désarmée par le projet divin, il te faudra veiller à rallumer l'étincelle, cesser de vivoter avec si peu de souffle qu'elle risque de s'éteindre pour toujours.*

*Bénie sois-tu, tristesse féconde, solitude fertile, hiver promesse, pays de neige et de résurrection.*

*Tu laisseras ton existence de parchemin craquelé, les pages inutiles du livre que l'on feuillette sans surprise et sans curiosité. N'attends pas que la fin de ta vie s'inscrive et qu'il ne reste plus qu'un peu de fumée sur la dérision de tes jours. Ne passe pas à côté, ne laisse pas les autres faire l'histoire, alors que toi dans ta mélancolie, tu vois passer le monde et tu sommeilles.*

*N'hésite plus, Éléonore, prépare ce pèlerinage, Dieu sera au carrefour des routes et la vie reprendra sens, mais il faut d'abord qu'elle retrouve une saveur.*

# 17

Marion a ouvert le grand coffre de bois sculpté et commence à sortir les vêtements de Dame Éléonore. Une forte odeur de lavande se répand dans la chambre.

– Les mites ne risquaient pas de s'aventurer dans les lainages, avec tous ces bouquets odorants, constate la servante.

– Coline, ouvre la fenêtre, s'il te plaît, le parfum lourd de ces fleurs séchées va me donner mal à la tête, poursuit Éléonore.

Une brise légère soulève la tenture, rafraîchit le visage de la maîtresse, rosit ses joues. La clarté du soleil n'est plus tamisée par les losanges des vitraux, elle se fait plus vive et des milliers de poussières dansent dans son rayon. Les merles sifflent avec bonheur et leur chant domine tous les autres, en ce matin d'avril.

Assise sur le lit où sa servante déplie méticuleusement les pièces du trousseau, la jeune femme est bien pensive, mais les préparatifs la ramènent au présent.

– Toutes ces étoffes précieuses semblent peu indiquées pour voyager, constate-t-elle, en caressant du plat de la main un surcot de velours grenat, qu'elle a porté l'hiver précédent, pour accompagner Me Amaury au dîner des changeurs lombards, nouvellement arrivés dans la ville.

– Ce qu'il faudrait, c'est une simple robe de laine, ou mieux encore, peut-être de la toile de Reims pour supporter la chaleur de juillet et les efforts de la marche, répond Marion.

– Dans le fond du meuble, il y a une robe foncée que je mettais pour me rendre au jardin, elle ferait bien l'affaire. Mais il faudra que j'aille rue Mercière chez Me Bardin pour commander une tenue plus fraîche. Et cela sans tarder. Il n'aura guère que deux mois avant le départ du pèlerinage.

Pendant ce temps, Coline a mis sur sa taille un jupon de soie et esquisse quelques pas cadencés derrière les courtines de l'alcôve. Elle se croit à l'abri des regards, et ainsi parée, elle joue à la dame, s'invente une autre destinée.

Marion et Éléonore échangent un sourire complice et indulgent, mais se gardent bien d'interrompre le manège de la jeune fille.

– Rêve, petite, se dit Marion, la vie te rattrapera bien assez vite et tu noueras plus souvent ton devantel que les bliauts de taffetas... Chacun sa place, Dieu l'a voulu.

Les préparatifs du voyage font du bien à Éléonore.

Son époux était passé au début de la semaine pour lui dire adieu et l'informer de sa mission auprès du frère Jean de Plan Carpin.

Introduit par le grand chambellan, il avait été reçu par le Pape en personne, et c'est avec fierté et enthousiasme qu'il avait relaté l'entrevue à son épouse attentive. À Saint-Just, dans son bureau feutré par de lourdes tentures rouge foncé, derrière sa massive table de chêne, Innocent IV l'avait longuement questionné. La sobriété de cette pièce contrastait avec le luxe du reste de l'appartement pontifical où la magnificence des candélabres n'avait d'égale que la somptuosité des tapisseries et du mobilier.

Me Amaury avait alors pu donner de nombreuses indications sur les Tatars. Dans sa jeunesse, en Syrie, durant ses séjours dans le royaume d'Orient, il avait été bien proche de la horde d'or et il avait glané beaucoup de renseignements sur Gengis Khan, ses coutumes, ses avancées meurtrières, l'étendue de son territoire. Ce grand guerrier était mort en 1227 et actuellement, la tête de ces cavaliers redoutables était son petit-fils, Ogodei.

Le biographe papal, Nicolas de Curbio, avait consigné d'une plume alerte les propos échangés. Le pontife était d'une vive intelligence ; il alliait une capacité de travail étonnante à une aptitude aux décisions rapides et sûres.

À la fin de la conversation, un ordre d'une tournure inattendue avait émergé. Le départ de l'ambassade étant imminent, puisque fixé au 16 avril, il semblait préférable que Me Amaury se joigne, au moins au début du périple, à la petite troupe qui portait le pli pontifical. L'exigence était sans appel, on ne tergiverse pas lorsque les missions viennent de si haut. Le marchand accompagnerait donc le frère Jean de Plan Carpin et le frère Étienne de Hongrie, que l'on venait de nommer aussi pour la mission et, chemin faisant, il s'efforcerait de leur donner des conseils avisés et de les protéger parfois d'une trop grande candeur. Avec un peu de résignation et quelques regrets, il avait alors confié ses affaires, pour un temps, à son ami Gaspard de Chaponay et avait préparé son viatique. Il eut tôt fait de penser qu'il pourrait établir de nouvelles relations commerciales dans les villes traversées le long du trajet...

« Ainsi mon époux sera encore absent plusieurs mois... et dans des contrées bien dangereuses et si mal connues... » Éléonore frissonne à cette évocation et un flot de pensées contradictoires la submergent.

« Quelle étrange coïncidence, pense-t-elle, il s'éloigne au moment même où je pars en pèlerinage, comme s'il fallait laisser cette maison loin derrière nous, mettre des lieues et du temps entre nos deux destinées, faire diverger nos chemins. L'un vers le levant, l'autre vers le couchant... L'écartèlement de notre union doit-elle encore s'accentuer par ces départs en sens inverse ? La recluse avait prévu mon voyage, mais le sien ? Je suis soulagée pourtant de cet espace entre nous, même si je crains fort que nos retours, à l'automne sans doute, ne soient pas très heureux... Enfin, la honte d'une répudiation est différée, l'honneur est encore sauf et je ne suis pas exposée à l'infamie et la risée des notables que nous côtoyons ; j'ai toujours mon statut d'épouse. Jusqu'à quand ? Pourtant, à sa dernière visite, M^e^ Amaury a fait montre d'une certaine clémence et lorsqu'il m'a enlacée, j'ai perçu les regrets qui l'avaient poursuivi depuis la brutalité de cette funeste nuit. Mon Dieu ! Cette violence si soudaine. Je dois fuir ce souvenir de toutes mes forces, sinon je vais m'enliser dans une peine dont j'aurai bien du mal à émerger. Il me faut remplacer ce cauchemar par le dernier bonheur cueilli entre ses bras… »

Après cette morte-saison si triste et solitaire, le mal d'enfant, le différend avec M^e^ Amaury, un changement est bienvenu. Martin avait raison. Déjà ses gestes ont retrouvé plus d'allant et des projets se dessinent ; la mélancolie s'éloigne un peu.

Coline, à regret, plie le jupon et le range à côté des autres. Éléonore la regarde avec tendresse, avant de sortir de la chambre.

Rêveuse, elle suit l'allée aux buis, sans destination précise, elle flâne dans les détours secrets de son refuge.

Le murmure de la fontaine est doux à son oreille, le vent léger imprime quelques rides passagères sur l'eau du bassin, des pétales blancs, abandonnés, dérivent doucement. Éléonore laisse sa main glisser à la surface de l'eau, bien fraîche encore… Assise sur le rebord de pierre, ses pensées vagabondent en suivant les petites vagues. La genette, bien calée dans son giron, somnole et ronronne sous la caresse distraite.

Le départ proche avive sa curiosité, mais en même temps l'inquiète. « Serai-je capable de suivre l'allure des pèlerins ? Heureusement, Martin sera à mes côtés et je connais ses attentions délicates. Cher frère qui, depuis des années, bien que plus jeune que moi, a si souvent été l'épaule réconfortante qui me manque tant, depuis la mort de nos parents et surtout l'éloignement de mon époux. Martin, toujours joyeux, quoi qu'il arrive, comme s'il avait barré une fois pour toutes la porte du malheur. Il glisse sur la vie, simplement conduit par le plaisir d'exister. Sans doute le cultive-t-il en orientant ses choix ? L'humour est sa parade, son bouclier, pour remettre les choses à leur juste place. Je donnerais ma fortune pour qu'il m'insuffle, ne serait-ce qu'une parcelle infime de ce don d'insouciance et de confiance en l'avenir.

Je verrai encore les roses du mois de mai, leur apogée et l'éclatement des couleurs sous le soleil de juin. Laisser ce petit enclos paisible, si souvent sauveur de ma mélancolie, m'attriste quelque peu. Janequin prendra soin de mes parterres, récoltera les fruits, fera les tailles nécessaires mais je crois que les fleurs souffriront de mon délaissement. Je suis tellement sûre qu'entre elles et moi passe un invisible rayon…

Allons, cesse ces jérémiades, se morigène-t-elle. Et comme te l'a enseigné la recluse, contemple, détourne ton regard de tes tristes pensées et porte-le sur toute cette beauté offerte en cet instant présent. Inutile de te projeter dans les jours futurs, avec cette appréhension qui te colle à la peau, comme un ancien vêtement trop étroit et qui t'empêche de respirer à ton aise. »

Au gré de la brise, le cerisier sème ses pétales dans l'air léger et c'est comme une neige tardive et douce qui enveloppe Éléonore d'un cocon protecteur. Une mésange bleue picore à quelques coudées, bien peu farouche, si familière des lieux.

La genette a levé la tête, l'oiseau s'est envolé… Éléonore le suit du regard et au même moment, elle aperçoit la première hirondelle de la saison. Ce retour régulier, en ce matin d'avril, lui donne l'impression que l'on peut compter sur de multiples fidélités.

Cela la rassure. « Si ces messagères du printemps sont capables d'accomplir un si long voyage pour rejoindre mon enclos et leurs nids dans les vieux murs de l'écurie, alors je reviendrai moi aussi, je retrouverai cette demeure, après le pèlerinage à Conques et alors, peut-être, le miracle aura eu lieu. Me Amaury me reviendra avec l'amour des débuts de notre mariage et un enfant comblera notre union. Oh oui ! Je vais prier – et avec quelle ferveur – pour qu'enfin Dieu m'entende et m'apporte miséricorde. »

Ce n'est plus une, mais tout un vol d'hirondelles qui fend l'air vif. Éléonore scrute l'horizon, pas un seul nuage ne trouble la pureté du ciel. Elle n'a guère envie de retourner dans la maison, il fait si bon dehors. En suivant les allées, si souvent foulées, elle rend un hommage à son courtil, lui faisant promesse de retour. Elle reviendra jardiner pour vivre de nouvelles saisons et les hivers seront moins rudes.

# 18

*Le feu, le feu !... Un indescriptible tapage me réveille brusquement, tandis qu'une odeur âcre a envahi ma cellule et qu'une lueur trop vive confère à l'aube une étrange clarté. Il ne me faut que quelques instants pour réaliser qu'un incendie s'est déclaré sur l'île Barbe. La fumée raréfie mon air, brûle mes yeux et un grand effroi se glisse dans mon être. Ma dernière heure serait-elle arrivée ? Vais-je périr dans les flammes, oubliée dans mon réduit comme une souris dans sa trappe ? Je reste pétrifiée, immobile sur mon escabeau, mes pensées cascadent en désordre dans ma tête. Le cloître, d'ordinaire si calme, est traversé d'un va-et-vient bruyant, de cris, d'ordres rapides et de contrordres. On court, on se croise, on se bouscule, on commente, on s'informe dans une agitation croissante. Le bêlement des agneaux affolés dans le jour naissant renforce mon impression d'impuissance et de crainte.*

*Enfin ! La voix ferme de l'abbé Omarus s'élève sur le tumulte. Une chaîne s'organise : les uns ont trouvé des seaux, les autres des baquets et tous les ustensiles pouvant acheminer de l'eau sont maintenant entre les mains des frères qui accomplissent des gestes efficaces dans le calme retrouvé. J'entends la poulie qui remonte son chargement du puits et les ahanements des hommes qui font passer les seaux. Les clapotis sur la Saône s'intensifient ; depuis le fleuve aussi, on monte l'eau pour éteindre le feu.*

*J'apprends, par des bribes de conversations décousues, que le foyer s'est déclaré dans la grange, tout près de la bergerie. Heureusement, à cette époque de l'année, les réserves de foin sont déjà bien entamées. Quelques moines ont été chargés de sortir les bêtes jusqu'au pré et, si possible, le fourrage, loin des poutres et de la charpente en bois.*

*Hébétée, proche de la suffocation, le temps m'a paru démesurément long... Maintenant la fumée s'évacue lentement, l'air épais retrouve peu à peu sa transparence imperceptible. La toux rauque, qui épuisait mes poumons, s'amenuise et ma respiration n'est plus haletante, comme si mon cœur allait s'arrêter de battre.*

*Mon grand rendez-vous avec le Seigneur n'était pas encore pour ce matin. Mon esprit s'apaise, je reviens de ma peur. Présomptueuse que je suis !... Je croyais que mes longues années de prière et de contemplation m'avaient guérie de toute crainte, délivrée des surprises du destin, mise dans une disposition d'accueil à tout ce qui advient, sans restriction aucune. Et ce matin, je réalise que je suis loin d'avoir atteint la sérénité souhaitée devant la souffrance. Humaine imperfection. Vaniteuse qui s'imagine tirer sa force d'elle-même !... Mon seul appui c'est Dieu, mon eau vive n'est puisée que dans la source divine...*

*J'ai eu une grande frayeur, il faut bien l'avouer et je ne suis pas encore capable du renoncement inconditionnel...*

*Il est vrai que ce feu me ramène à d'autres flammes...*

*Celles de Vermance lorsque je me suis enfuie...*

*Mais aussi celles qui ont consumé Marguerite la béguine...*

*Dans sa tunique blanche, le visage levé vers le ciel, les mains liées par une cordelette derrière son dos, elle avançait paisiblement entre deux bourreaux désarmés par tant de détermination candide.*

*Assis à quelques toises du bûcher, sur une haute cathèdre d'apparat, le justicier qui avait conduit le procès ne laissait pas trahir les sentiments contradictoires qui l'agitaient. Seul un léger tremblement de son sourire hautain m'avait interrogée sur les doutes de sa conscience.*

*Ce douloureux épisode de ma vie eut lieu peu après l'année 1231, époque à laquelle le pape Grégoire IX institua les tribunaux d'inquisition. Beaucoup de bonnes volontés voulaient réagir contre les abus scandaleux qui sévissaient parfois au sein même de l'Église, mais elles s'orientaient dangereusement vers des dérives. Il était alors urgent de faire entendre que l'Église était une et indivisible, et que la fonction du successeur de saint Pierre était de la maintenir telle, face à toutes les tentatives d'hérésie qui surgissaient çà et là dans une Europe déconcertée. L'orthodoxie de l'Institution, si menacée, restait la priorité absolue, on ne pouvait tolérer toutes ces dissidences, notamment celles des Cathares et des Vaudois, la fin justifiait les moyens.*

*Marguerite avait mal caché son attirance pour les Vaudois. Depuis que le quatrième concile de Latran, en 1215, avait jeté l'anathème sur l'initiateur du mouvement : Pierre Valdo, beaucoup avaient trouvé leur salut dans la fuite vers la Provence, mais une poignée d'entre eux, en confrérie secrète, se réunissait encore régulièrement dans une cave près de Saint-Nizier. Quelquefois, j'eus l'occasion d'accompagner Marguerite dans ce lieu obscur où la lueur de maigres bougies jetait des ombres menaçantes sur les murs suintant d'humidité. Les clandestins défiaient pourtant l'ordre et la peur, confiants dans les idées nouvelles qui s'étaient propagées comme la foudre.*

*On m'avait parlé à demi-mots de la conversion soudaine de ce Pierre Valdo, riche marchand qui vivait rue de la Poulaillerie. Un soir de l'année 1173, il fut effrayé par la mort brusque d'un de ses amis au cours d'un somptueux banquet. Taraudé par les remords et la crainte de l'enfer, dans la nuit qui le ramenait à son opulent logis, il avait entendu la voix d'un troubadour qui chantait la complainte édifiante de saint Alexis. « Choisir la pauvreté, tout abandonner pour sauver son âme », voilà ce qu'il retint du refrain lancinant qui le poursuivait. Lui qui s'était démesurément enrichi, avait pratiqué l'usure interdite, il devait tout quitter, vendre ses biens pour échapper aux griffes du diable. Un peu plus tard, pour mieux s'approcher du Christ, il avait fait traduire la Bible en français, avant d'aller prêcher sur les places le dépouillement total.*

*C'est cette légèreté de l'esprit et du corps qui avait séduit Marguerite.*

*Quand la chasse aux hérétiques était devenue plus virulente, pour me protéger, elle m'avait écartée avec autorité de son chemin, pressentant que Dieu me voulait vivante encore longtemps, pour une mission jusqu'alors bien floue. Pendant ces jours de haine, les perquisitions se firent nombreuses, mais Marguerite restait sereine, elle était déjà dans les bras du Seigneur, calme et douce. Son enveloppe charnelle était sans importance.*

*Sur un petit tertre, un grand fagot avait été dressé et la condamnée y monta sans hésitation. Pour elle, le renoncement n'était pas une vaine parole. Anéantie dans le Seigneur, elle avait rejoint l'Amour infini, dès ici-bas elle avait fait corps avec le grand Tout. Elle n'avait plus peur de perdre parce que d'avance, elle avait donné, lâché, s'était délestée. Elle était humblement soumise au temps et à l'avenir, radieuse en son argile souple. Le grand Potier pouvait la façonner à sa guise, elle était tendre entre ses mains. Les paumes ouvertes et les yeux étonnés, elle accueillait le jour et se laissait tranquillement devenir, jusqu'à l'accomplissement patient et confiant d'une vie. Bien avant son immolation, elle n'était déjà plus que brume, fumée, nuage subtil s'évaporant à chaque instant pour mourir et renaître au fleuve de vie, jamais agrippée de peur et de froid à la berge incertaine. Elle avait bâti sur le vent, l'inconsistant pour ne plus donner prise à l'événement extérieur quelle qu'en soit la dureté.*

*Entre le royaume d'ici-bas et l'éternité, il n'y avait plus que ce grand feu dans lequel son corps bientôt se tordit et disparut, alors qu'une âcre fumée, comme ce matin, avait assombri le ciel.*

*Les yeux écarquillés par l'épouvante, j'étais aimantée par le brasier ; Marguerite emportait avec elle des années d'amitié indéfectible au cours desquelles sa présence m'avait ouvert les portes d'une mystique nouvelle. Avec les disciples de Pierre Valdo, elle avait voulu son âme simple, si cristalline qu'elle laissait passer la lumière de Dieu.*

*Pourquoi l'évêque Jean de Bellemains, moins de dix ans après la conversion du maître, avait-il été le premier à condamner les Vaudois, alors que son prédécesseur, Guichard de Pontivy, les avait accueillis fraternellement au sein de l'Église ? Étrange retournement des grands de ce monde ! Ce dénuement total de l'esprit et du corps faisait-il ombrage à la trop grande richesse du clergé ? Cette immédiateté avec Dieu dépossédait-il les prêtres de leur pouvoir ?*

*L'Église avance à tâtons, le Souffle divin se perd parfois dans le tumulte des hommes. La religion n'est pas une croyance figée, c'est une quête, aussi je mets ma confiance dans le Seigneur, Lui seul connaît vraiment les justes et sait les accueillir, Marguerite est maintenant dans sa lumière, je le sais.*

*Encore une fois, Mathieu, le fidèle fauconnier, m'avait sauvée. Il avait fendu la foule et me tirant brusquement par le bras, il m'emmena loin de cette vision d'horreur.*

*Peu de temps après, l'île Barbe m'a recueillie... Me restaient, comme une grande eau pure, les paroles de Marguerite et ma décision de vivre au plus près du Seigneur, dans la pauvreté totale jusqu'à ma dernière heure. La béguine habite toujours une part secrète de mon âme. C'est cette présence intime qui me donne acuité et discernement pour venir en aide à tous ceux qui cherchent un peu de lumière.*

*Et je me souviens de son enseignement comme un baume bienfaisant sur ma faiblesse de ce matin. Elle me disait :*

*« Le renoncement n'est pas une contrainte, mais une liberté et ce n'est pas forcément l'apanage des saints. Le renoncement est une succession d'infimes et banales décisions qui orientent l'allure de notre journée et qui chaque fois sont une ouverture au prochain, un effacement, non pas de soi, mais de ce qui est fermé, petit, mesquin en soi. Ce n'est pas une mort, une abdication du vivant en nous, c'est au contraire la promesse de réaliser le meilleur de nous-mêmes, un dépouillement de nos désirs primitifs, nos satisfactions sans envergure, pour laisser s'épanouir l'être essentiel que nous sommes. Pas de grand coup de balai, pas de grand fracas, simplement un pas de plus et l'on ouvre peu à peu la cage qui retient en nous l'oiseau prisonnier de nos vaines préoccupations.*

*Tu crois que tu possèdes alors que c'est toi qui es possédée…*

*Tu es arrivée nue et vulnérable, tu repartiras ainsi. Une fragilité suspendue entre deux instants : naissance et mort. Ta vie n'est pas ta propriété et tu n'es pas la mesure qui évalue toute chose. Seul Celui qui t'invite parce qu'il est le Père peut t'indiquer la bonne place, celle qu'il a préparée pour toi. Les dons, les biens reçus sont occasion de louange et non de convoitise. Il te faut offrir l'instant présent et ainsi t'ouvrir à l'Amour, cela suppose l'abandon.*

*Accepte-toi, comme un petit enfant qui attend tout de plus Grand que lui, accueille les biens comme un don gratuit et non comme un dû, possède avec joie, avec gratitude, sans vanité.*

*Vis simplement, sois humble, proche de la terre qui te porte, ta faiblesse est un guide plus sûr que tu ne le crois.* »

*Précieuses paroles qui vibrent en moi, m'apaisent, me réconfortent et font tourner la roue de mes pensées. Ce matin, Seigneur, je t'offre ma peur et ma petitesse, ce presque rien que je suis et je te bénis pour l'enseignement de Marguerite la béguine, rallumé par cet incendie. Tout est signe, à qui sait veiller, je l'ai compris et je t'en remercie, Seigneur.*

# 19

Janequin est parti le premier ce matin, pour prendre part aux réjouissances de la fête des merveilles. Avec d'autres jeunes gens, il est allé chercher, dans la campagne proche, les trois taureaux du sacrifice, pour les conduire près du pont de pierre et les attacher aux anneaux fixés dans les murs. Les bêtes sont agitées, averties par un instinct venu de siècles reculés, elles savent la cruauté des hommes.

Depuis hier, on entend le son des trompes et l'appel des crieurs qui annoncent les festivités en l'honneur des martyrs, sainte Blandine et saint Pothin. À toute volée, les cloches se sont mises de la partie et c'est un beau et joyeux vacarme. Déjà il y a foule dans la ville, d'autant plus cette année où le concile attire tant d'étrangers. Les rues pavoisées sont jonchées d'herbe fraîche et de fleurs des champs ; des bleuets, des marguerites et des coquelicots ponctuent d'une note vive les pavés gris. Aux fenêtres, des bannières claquent au vent et des guirlandes de verdure relient les maisons les unes aux autres. Les taverniers ont sorti des tables et des bancs et espèrent bien qu'avec les nombreuses rasades, une recette exceptionnelle va remplir leur bourse. Baladins, cracheurs de feu, jongleurs, montreurs d'ours et de singes sont venus de Provence et de Savoie pour distraire les badauds, tandis que sur une estrade bâtie à la hâte au-dessus de grosses barriques, des saltimbanques arriment le décor d'une scène improvisée. On jouera là quelque farce ou sottie et les rires fuseront de l'un à l'autre, lorsque le cocu sera moqué, la mégère battue, ou encore lorsque le curé se cachera prestement sous l'édredon de la meunière ! Le divertissement sera bien fol, permettant d'oublier la misère, les malheurs et toute la dureté de la vie.

Comme tous ses amis, Janequin a maintenant enlevé ses habits et est prêt à défier les taureaux. Dans la trappe, au-dessus de la dernière voûte du pont, les animaux affolés sont poussés à grands cris et moult coups de bâton par les garçons excités et les hurlements sauvages de la foule accompagnent leur chute dans la Saône. Au milieu des éclaboussures, du tumulte et des tourbillons de l'eau, les garçons s'élancent avec leurs merlins et leurs coutelas, pour assommer les bêtes. Une lutte acharnée prélude à la mise à mort et bientôt l'eau est rougie par le sang des sacrifiés. Ensuite, les carcasses sont tirées vers la berge, hissées sur des charrettes qui les attendent, puis acheminées rue Écorchebœuf, tout près de la cathédrale Saint-Jean. Là elles sont dépecées, puis les morceaux sont partagés entre les habitants de la ville.

Marion et Coline n'ont pas eu le cœur d'assister à la tuerie, mais elles se sont faufilées tant bien que mal jusqu'aux tables où les bouchers, ceints d'un grand tablier, distribuent la viande. Elles emballent leur morceau dans un torchon blanc et protègent leur panier de la presse qui les malmène. Quand elles auront mis en sécurité leur provision dans le cellier de la demeure, elles repartiront pour s'émerveiller des spectacles ambulants, danser au rythme des violes et des tambourins et voir passer le cortège fluvial.

Au début de l'après-midi, la procession s'est ébranlée : cinq bateaux ont commencé leur descente sur la Saône. Richement décorés, chacun orné de l'oriflamme de sa paroisse, ils sont partis de l'île Barbe et voguent lentement jusqu'à l'abbaye d'Ainay. Trois prêtres, revêtus de leurs chasubles d'apparat, sont à l'avant de chaque embarcation. Celui du milieu porte un grand candélabre en argent sculpté, celui de droite bénit le fleuve et la foule, tandis que celui de gauche lit l'antienne et entonne les psaumes. À la poupe, ménétriers et trompettes entrecoupent les prières de moments moins recueillis. Les vingt rameurs qui propulsent chaque barque ont un mouvement lent et régulier afin que les Lyonnais puissent suivre la procession et implorer les reliques des saints, bien en vue dans les précieuses châsses, serties de pierres rares.

Il semble que le Saint-Père et ses douze cardinaux se soient bien gardés de se mêler aux Lyonnais, peut-être moins par indifférence que par peur de la bousculade ? Il est vrai que l'ouverture du concile est très proche et que des problèmes compliqués requièrent la majeure partie de leur temps. Il faut que tout soit prêt pour la séance préparatoire du 26 juin et pour les réunions solennelles des 28 juin, 5 et 17 juillet. Pourtant, depuis la forteresse de Saint-Just, où ils sont bien à l'abri, ils regardent les festivités. On aperçoit les chapeaux rouges qui, par intermittence, se penchent aux fenêtres ou même s'encadrent dans les créneaux des remparts.

Le soleil est déjà haut dans le ciel et chauffe les esprits et les corps. Martin, de loin, a aperçu Coline. Il fend allègrement la foule pour prendre sa place dans la ronde, à son côté. Les yeux bleus de la jeune servante brillent d'un éclat joyeux et sa frimousse rebondie est creusée de deux fossettes rieuses. La course s'accélère et les jeunes gens chantent de tout leur cœur. Leurs mains sont chaudes et douces et la caresse appuyée des doigts du jeune homme n'est pas complètement innocente, sa compagne fait mine de ne pas s'en apercevoir, malgré le trouble qui la fait frissonner.

Éléonore est restée seule au logis. Elle a prétexté une migraine pour s'abstenir de sortir lorsque Martin est passé juste après sexte. Ils seront tous absents jusqu'à la tombée du jour et il lui reste un bon moment pour accomplir ce qu'elle a décidé, avec une détermination inhabituelle.

Elle a revêtu une vieille robe grise de sa servante, nouée soigneusement une touaille sur sa tête, avant de la recouvrir d'une ample capuche de drap sombre. Sur un solide bâton, elle s'appuie lourdement, le dos voûté. C'est ainsi, à petits pas glissés, qu'elle sort subrepticement de la maison, après s'être assurée d'un coup d'œil dehors que personne ne pouvait la voir. La rue de la Ferrandière est déserte, tous sont allés à la fête, grossir la foule, le long de la Saône. Cependant, vers le couvent des Cordeliers, elle croise deux franciscains chargés de gros paniers. Toujours de son allure de petite vieille, elle arrive en vue de l'église Saint-Nizier. Une longue file attend devant le porche ; le 2 juin, jour de la fête de saint Pothin, il est permis d'aller toucher la pierre guérisseuse dont les miracles sont dans toutes les mémoires. Le phallus de granit a bien des vertus… Les hommes à la fertilité défaillante, ou atteints de maladies vénériennes, et surtout les femmes stériles vont implorer la clémence divine et la guérison, à grands renforts de patenôtres.

Éléonore tremble un peu, elle n'a vraiment pas envie d'être reconnue parmi tous ces affligés. Son infertilité l'expose déjà bien assez à la honte sans ajouter encore la moquerie des bourgeois qui la verraient dans cette piteuse cohorte. Elle se glisse furtivement, rabaissant un peu plus son capuchon et se courbant davantage pour prendre son tour.

Il n'est pas sûr, d'ailleurs, que la recluse serait bien fière d'elle, ce n'est pas le genre de pratique qu'elle encourage. Avec quelle ferveur, cependant, une femme en mal d'enfant peut-elle se livrer à toutes tentatives, mêmes celles qui relèvent d'une coutume plus païenne que chrétienne !

C'est ainsi qu'à chaque nouvelle lune, elle prépare en cachette l'herbe de la Saint-Jean avec la complicité de Marion. Elle en fait une tisane qui doit être bue au crépuscule. C'est ainsi qu'elle masse son ventre avec l'eau miraculeuse rapportée de la source aux Fées.

Mais de cela, elle ne parle jamais. Ces rituels venus du fond des âges la rassurent, l'inscrivent dans une longue lignée de femmes maudites qui cherchent désespérément le salut, revêtant l'infamie d'une chape de silence, toujours très seules pour affronter ce déshonneur qu'on doit taire, en le recouvrant de la fausse fébrilité des gestes quotidiens, dans l'apparente banalité d'une vie sans histoire.

La pierre dure et froide, polie par tant de mains suppliantes, est embrassée, caressée, avec un élan d'espoir insensé.

# 20

De nouveau le temps des cerises… Merveilleux retour après la désolation de l'hiver et la promesse des fleurs… Coline est assise dans l'arbre, elle balance ses jambes, sa cotte se soulève et découvre ses chevilles nues. Son panier ne se remplit pas vite ; elle est plus occupée à rire, plaisanter, jouer les coquettes. Martin est installé sur une branche plus haute, il se penche pour lui accrocher deux boucles d'oreilles d'un beau vermillon et au passage, il effleure la nuque délicate. Le frémissement de la jeune fille ne lui échappe pas.

Marion, dans le chaudron de cuivre, a préparé le miel et même du sucre, denrée si précieuse que M^e^ Amaury a rapportée de son dernier voyage. Elle a commencé à dénoyauter le contenu de la première hotte que Janequin a posée sur la table.

Éléonore aime cette saison, c'est le début de l'été, il ne fait pas encore trop chaud, juste un bon soleil qui met de la lumière sur tout le jardin sans l'accabler d'une torpeur éprouvante. Elle a rejoint les deux jeunes gens, attrape une branche basse et remplit consciencieusement sa corbeille.

– Elles sont bien sucrées. Nous n'avons pas eu trop de pluie et elles sont vraiment bonnes cette année. On pourra faire des tartes et des compotes, la récolte est abondante.

Martin souffle les noyaux le plus loin possible et bientôt Coline l'imite.

– J'ai gagné, clame Martin en riant.

– Oui, mais vous avez taché votre chemise, remarque la sage Éléonore.

Les merles sont aussi de la partie et ils sont si goulus que la cueillette ne les dérange guère. Perchés en haut du cerisier, ils s'empiffrent et sifflent à tue-tête. Dans le ciel, les hirondelles fendent l'azur de vifs coups de ciseaux.

– Savez-vous le dernier cadeau que le Saint-Père a reçu ? interroge Martin, d'un ton joyeux, satisfait de capter son auditoire.

Un « non » unanime et curieux lui répond.

– Trente chevaux de selle ont été envoyés par l'abbé de Cluny. De magnifiques palefrois gris pommelé qui ont traversé la ville, richement harnachés : des selles en cuir de Cordoue, des troussequins incrustés d'or damasquiné et de pierres précieuses, des harnais de velours rouge brochés de cercles dorés. Les badauds, dont moi-même, n'en croyaient pas leurs yeux…

– Il est vrai, enchaîne Éléonore, que l'abbaye de Cluny jouit de revenus très importants et que son rayonnement s'étend à travers toute l'Europe. Les relations entre le pape et l'abbé sont très étroites, l'ordre de Cluny étant directement rattaché à Rome, contrairement à bien des abbayes qui dépendent des grands féodaux, du roi ou de l'empereur.

– Pour l'ouverture du concile, c'est dans le chœur de la cathédrale que le trône du pontife a été installé, reprend Martin qui est bien au courant des dernières nouvelles de la ville. À sa droite siégera l'empereur de Constantinople, Baudoin II, et à sa gauche, les deux Raymond, momentanément réconciliés... La Provence et le Comté de Toulouse sont depuis des années en incessants conflits à propos de fiefs et d'héritages. La principale préoccupation reste l'excommunication de Frédéric II, mais les querelles entre l'Empire et Rome ne sont pas nouvelles. Le fauteur de troubles ne s'est d'ailleurs pas dérangé et c'est un certain Taddée de Suessa qui le représente, on mesure par là son effronterie...

– Que reproche-t-on donc à l'empereur d'Allemagne ?

– J'ai bien du mal à m'y retrouver dans tous ces griefs... Dans les motifs de condamnation, outre la vieille querelle des investitures, ses prétentions en Lombardie et en Sicile et son immoralité sont en bonne place. On raconte qu'il entretient un harem, a des médecins juifs et arabes, choisit une partie de sa garde parmi les Sarrasins. Il semble n'avoir ni foi ni loi et se moque des bulles papales comme d'une guigne.

– Ce sera donc le sujet principal du concile ?

– Comme les cinq plaies du Christ, Innocent IV parle de ses « cinq douleurs ». Fréderic Hohenstaufen, comme on vient de le dire, mais aussi la corruption des mœurs, les Sarrasins en Terre sainte, les Grecs schismatiques et les cruels Tatars dont l'approche est de plus en plus menaçante.

Éléonore frissonne à cette dernière évocation et une bouffée de tendresse anxieuse l'envahit à la pensée de son époux sur ces routes extravagantes.

– M^e Amaury doit accompagner le frère Jean de Plan Carpin jusqu'en Pologne, au moins. Cela prendra quelques mois et je pense que je serai revenue avant lui. Quand nous retrouverons-nous ?

Martin ne répond pas. Il se demande comment va évoluer la situation, il sait que son beau-frère a tenté une répudiation, qui n'a pas encore abouti, mais il est à craindre que les services rendus au Saint-Père favorisent son projet. Il change de conversation pour ne pas alourdir la peine de sa sœur.

– Les chanoines ont fort à faire pour organiser la première session du concile le 28 juin, car les travaux de la cathédrale sont loin d'être terminés. C'est donc dans une église en chantier, encombrée de perches et d'échafaudages, avec une toiture provisoire sur la nef et seulement une partie des vitraux, que vont s'ouvrir les premiers débats. Le chamarier a demandé aux charpentiers, maçons et verriers d'interrompre leur tâche pendant les séances. On n'en attendait pas moins…

– Le 28 juin, juste avant notre départ… Je ne suis pas sûre que le Pape aura le temps de nous bénir, comme cela avait été prévu. Le curé de Saint-Nizier n'était pas aussi affirmatif qu'au début. Il ne nous reste qu'une semaine pour faire nos préparatifs, nous y serons bien vite, ajoute Éléonore entre inquiétude et enthousiasme.

– Un léger bagage seulement, ajoute Martin, sur qui repose l'organisation du pèlerinage.

Les paniers débordent, on sent la bonne odeur de la confiture qui s'échappe par la fenêtre de la cuisine, Martin a pris la main de Coline et chacun rentre à la maison pour une agréable sieste dans la fraîcheur de la maison.

# 21

*À une légère hésitation, j'ai reconnu son pas dès le franchissement du seuil. Elle s'est arrêtée sous le linteau où le passant peut voir l'inscription : « Je suis l'Alpha et l'Oméga » puis elle a levé son visage vers les claveaux, mais comme elle ne sait pas lire, elle n'a pas pu déchiffrer la phrase que j'ai souvent méditée : « J'ai pour sujets la mer, la terre, le firmament, je suis le seul Roi, et sur la croix triomphante j'ai racheté les âmes de la mort. » Cet écrit nous rappelle que la Toute-Puissance éternelle est aussi cet Humain meurtri, angoissé, qui a traversé les souffrances du Golgotha. Mystère insondable de l'Incarnation. Dieu fait homme pour partager nos fardeaux et peut-être les soulager ? Pas toujours, le prince des ténèbres est aussi à l'œuvre…*

*Mon oreille s'est aiguisée. Plus ma vue est limitée, plus je m'approche du monde et mieux j'écoute le chant des âmes. J'ai cru longtemps que la connaissance passait seulement par les yeux, maintenant je sais que la compréhension des êtres résulte d'une tout autre intuition.*

*Hier j'ai béni ta route, Éléonore, lorsque tu es venue pour me confier ton pèlerinage. Avec toi, la chaleur estivale pénétrait jusqu'à ma cellule et une image des étés de ma jeunesse s'est infiltrée dans mon cœur. Vieillarde ratatinée sur mon escabeau, j'ai retrouvé le plaisir de mon corps épanoui, offert au soleil. Prodige de cette réminiscence ! J'ai quinze ans et je cours derrière le cheval de mon père. Faucon au poing, l'allure altière et les yeux rieurs, lorsqu'il se retourne et m'aperçoit, il arrête sa monture et me hisse prestement sur la selle, devant lui. Nous repartons au grand galop et nous franchissons l'étendue de chaume que la moisson vient de laisser. Un vol de perdrix rase l'horizon, un lièvre détale en bonds zigzagants sur l'éteule dorée, des canards plongent dans l'étang. La course se termine par un grand éclat de rire… Une mèche de cheveux reste collée à mon cou moite de sueur, la vitesse m'a grisée et je suis à moi seule toute l'ivresse de l'été…*

*Tu pars et je suis enfermée. Aujourd'hui me manquent la splendeur de la forêt, sa fraîcheur, le bondissement de la rivière et le vol de l'alouette. Au fond de ma froide obscurité, Dieu est pourtant ma consolation, mes souvenirs sont les digues qui contiennent mes chagrins… En pensée je t'accompagne, ma fille, et je sais que le Seigneur m'enverra des visions claires de ta route. Qu'est-ce que la distance pour des âmes en communion ? Un mot décharné, seulement revêtu d'une vaine appréhension.*

*Je me suis agenouillée et longuement nous avons prié avant le départ. La dalle froide tenait ma conscience en alerte et c'est avec une grande acuité que j'ai initié ton voyage. Je t'ai vue, au petit matin, tout doucement refermer la porte et t'en aller vers le grand vent. Au loin s'atténuait la musique ancienne et les jours de mélancolie, un à un, s'abolissaient dans les méandres de l'oubli, comme une longue procession monotone.*

*Tu vas vivre, te réveiller et vivre !*

*Le passé n'empêche jamais de bâtir un avenir et, inutile de te soucier du futur, Éléonore tu le rattraperas...*

*Sois accueillante à l'horizon, il y a toujours un carrefour qui t'attend ; reste ouverte à l'imprévisible, enthousiaste devant l'inattendu. Rénove ta confiance par une grande foi en la Providence.*

*Tu es passée trop vite d'un attachement à un autre et la seule issue est une forme d'arrachement. Il te faut un éclatement salutaire.*

*Tu es prisonnière de toi-même et ta frayeur est un grand bâtisseur de murs. Va vers les autres sans crainte et sans illusions démesurées. Ne dépense plus toute ton énergie pour contenir ta peur dans les lacets serrés de ta poitrine et freiner tes élans. Au contraire, n'hésite pas à baisser la garde, tu sais, on traverse tout, même les drames inconcevables... Laisse donc une brèche à l'inespéré. L'avenir n'est pas fait que de forces maléfiques, même si une petite voix perverse te chuchote à tout moment le contraire.*

*Tu iras vers des visages comme on découvre un paysage... Et ton sourire sera la porte de ton âme, entrouverte, pour que les autres passent le seuil, te fassent un brin d'accompagnement, escortent tes journées avec une promesse de bonheur.*

*Chaque matin, un petit pas de plus vers le monde, tu ne seras plus cantonnée à l'étroitesse de ta demeure.*

*Même si tu as trouvé quelque douceur à ta secrète mélancolie, tu as eu tellement froid toute seule qu'il est grand temps de te réchauffer à l'humaine fraternité. Alors il y aura des commencements d'histoires, à toi d'inventer leurs dénouements.*

*Tu vas vivre un tournant essentiel sur le cours de ton existence. Recueillie dans la main de Dieu, ton chemin va t'apparaître tout à coup plus facile alors même que tu escaladeras, à bout de souffle, un sentier abrupt, sans apercevoir le sommet, ou que tu descendras à vive allure une pente sinueuse, sans discerner l'arrivée. Le temps de ta marche, rythmé par les prières, remettra de l'ordre dans tes pensées. Un pas après l'autre, tu tisseras finement la trame de nouvelles amitiés.*

*Enfin tu vas cesser de porter une attention trop bruyante à tes soucis et tu commenceras d'entendre les autres et toi-même. C'est dans le silence et l'oraison que s'embellit l'humanité. Loin d'être évitement du prochain, le recueillement est ouverture.*

*À travers la grille de ma fenestrelle, nos mains se sont serrées encore plus affectueusement que d'habitude et mon visage s'est approché le plus possible du tien. J'ai gravé en moi ton masque émouvant, si inquiet ; chaque soir, cette image portera mon invocation jusqu'à la miséricorde divine, afin que dès ici-bas tu connaisses l'autre face du miroir.*

# Deuxième partie

# 1

## Pèlerinage vers Conques, juillet 1245

C'est une troupe dense et enthousiaste qui s'est mise en route. On récite avec ferveur l'Ave Maria ; la procession de tête entonne la prière et l'autre moitié de la file continue. Ainsi s'égraine la litanie monocorde. Mais les pèlerins sont encore davantage dans l'effervescence du départ que dans le recueillement et l'oraison ne domine pas complètement le brouhaha et les bavardages.

Éléonore n'a pas encore trouvé l'appui régulier sur son bourdon, mais bientôt il deviendra l'ami confiant, sûr et indispensable à sa marche. Enfilée sur une cordelette, la coquille des jacquets se balance doucement à son cou et elle est fière de porter cet insigne. Il renforce son sentiment d'appartenance à la foule, pourtant hétéroclite, qui a été bénie et confiée à la garde du Seigneur juste à la fin de la messe. Sa fatigue, la difficulté des premiers arpents sont partagés, comme portés par ses compagnons de route et de temps en temps, elle touche la coquille avec gratitude.

L'ânesse chargée de deux ballots bien équilibrés suit docilement les jeunes gens, elle a été ferrée de frais chez le forgeron et l'on entend le martèlement régulier de ses sabots.

Dès le départ, il faut grimper ; la montée du Gourguillon les mène jusqu'à la colline de Fourvière. Ils croisent quelques cardinaux et de nombreux évêques pressés qui se rendent à la séance du concile. Au sommet, la plupart des marcheurs prennent quelques instants pour regarder la ville en contrebas, avant de s'éloigner pour un temps bien imprécis de leurs lieux familiers. Derrière la cathédrale Saint-Jean, on aperçoit le pont de pierre qu'ils ont franchi aux premières heures du jour, après le rassemblement de Saint-Nizier. Déjà, il est encombré de boutiques, de charrettes et de piétons. Tout autour de la cité, de hautes murailles récemment consolidées donnent l'impression de quitter un endroit où il fait bon vivre, sans souci des dangers. Au-delà, le Rhône plus tumultueux roule ses flots à travers la campagne.

– Martin, j'aperçois notre logis, dit vivement Éléonore en tirant la manche de son frère et pointant son index. La belle maison claire au toit de tuiles rouges se distingue dans son enclos de verdure. Une bouffée de nostalgie envahit la pèlerine. Une porte s'est fermée, rue de la Ferrandière, et ce n'est pas seulement sa demeure qu'elle laisse derrière elle, mais son bonheur de toute jeune femme et une partie de ses rêves. Là, tout à coup, elle a l'impression d'avoir achevé une étape de sa vie.

– Quand reviendrons-nous ?

Elle se demande si Me Amaury a éprouvé un sentiment semblable lorsqu'il a enfourché son cheval. Elle aurait bien voulu que ce coup d'œil en arrière soit pour l'un comme pour l'autre empreint d'un amour encore sincère, tissé de souvenirs tendres…

La file bien serrée au départ commence à s'étirer. Éléonore ne veut pas se laisser distancer et avance vaillamment malgré l'essoufflement qui la gagne.

La route ombragée où l'on reconnaît encore quelques pavés romains les conduit jusqu'au donjon de Francheville. Le manoir où elle a grandi jouxte la tour que le comte Renaud de Forez a fait construire pour défendre la vallée, alors qu'il était archevêque de Lyon.

– Nous passerons bien près de notre maison d'enfance, dit-elle avec émotion.

– Vous souvenez-vous comme nous aimions courir tout autour du donjon que les maçons achevaient, jouer à la cachette ou au loup, patauger dans le ruisseau en contrebas des murailles ?

Dans les prés, l'herbe est haute et la fenaison a déjà commencé. La stridulation des grillons domine d'une note aiguë le tumulte de la cohorte. Les faneurs ont interrompu leur travail, entre les andains bien alignés, ils s'appuient sur leurs faux. Des femmes râtellent, d'autres avec leur fourche en bois à trois dents forment des meules régulières. Après avoir essuyé d'un revers de manche la sueur de leur visage, beaucoup joignent les mains et s'associent pour quelques instants au joyeux cantique. Un léger souffle de vent disperse l'odeur poivrée du foin et de fines poussières de graminées volent dans l'air sec.

Ils ont traversé l'or des blés mûrissants, la houle bleue des champs de lin, les chènevières, quelques vignes et des frondaisons accueillantes.

Un pas après l'autre, de plus en plus péniblement, ils sont arrivés à la première halte.

Éléonore est fourbue, le dos douloureux et les pieds écorchés, elle se laisse tomber sur la paille de la grange que le prieuré de Thurins a mise à leur disposition. C'est l'une des dépendances bénédictines de l'abbaye de l'île Barbe et malgré son épuisement, la jeune pèlerine se sent dans un lieu familier, proche de la recluse.

Une femme d'âge mûr s'est assise à côté d'elle et passe son bras autour de ses épaules dans un geste de réconfort.

– Je m'appelle Agnès, et vous ?

– Moi c'est Éléonore.

– Ne vous découragez pas, c'est toujours le début du chemin qui est le plus difficile. Tenez, j'ai un onguent qui cicatrise bien les petites plaies, appliquez-le sur vos ampoules et demain, vous pourrez repartir d'un bon pied.

– Merci beaucoup ; j'imaginais avec difficulté la continuation du pèlerinage et j'avais la tentation d'abandonner.

– Dieu est avec nous, Éléonore, il connaît nos limites et nous dispense chaque jour la force nécessaire. Ayez confiance.

Agnès masse les épaules de sa nouvelle compagne, puis se dirige vers les uns et les autres, aussi calme et reposée que si elle n'avait pas bougé de la journée.

Martin apporte un bol de soupe et Éléonore l'avale lentement avant de s'étendre sur la paille.

Malgré l'épuisement, le sommeil tarde et les idées grises la submergent. Des images défilent, s'en vont, reviennent, s'imposent, toujours les mêmes. Encore une fois, la joie s'est envolée. Il faut si peu de chose pour passer de ce bonheur plein, comme elle l'éprouvait ce matin, à cet « à côté » empreint d'une telle tristesse, entre cette dilatation heureuse et cet état étriqué qui ressemble à l'angoisse ; un passage sournois et presque insensible de l'un à l'autre, contre lequel tout effort semble vain. C'est quand elle a pensé au banc de pierre de son jardin, sur lequel elle brodait le petit bonnet de l'enfant espéré, que la discordance en elle a jailli. Une note ratée et toute l'harmonie du jour a été brisée. C'est bien cela la mélancolie, un voile sur le cœur, il ne s'enlève jamais complètement, même les grandes joies sont atténuées, les paysages somptueux ont un vague à l'âme. Restera-t-elle toujours cette passagère de la vie, seulement capable d'effleurer les choses ? La recluse l'aurait fortement incitée à prier pour combattre ce fléchissement soudain.

« Tout passe… Voilà l'essentiel motif de désespoir, mais aussi d'espérance. Demain est fait de la même étoffe qu'aujourd'hui », songe-t-elle en portant la main à sa coquille.

Peu à peu, elle arrive à faire silence en elle-même et à laisser à Dieu ce qui est en dehors de sa portée. Elle entrouvre une fenêtre dans son âme et sa respiration se libère quelque peu.

Une petite voix lui chuchote qu'on peut compter sur le temps parce que les choses en permanence disent qu'on peut se fier à lui, il fait mûrir les blés, porte graine et s'il s'occupe ainsi de la terre, il peut s'occuper aussi du cœur et du corps humain, des événements de nos existences éphémères. Peut-être qu'il suffit de prendre sa vie par petits bouts, comme on dénouerait une trame serrée, emmêlée, inextricable en apparence. Dénouer chaque instant, lisser le temps, aérer cette oppressante immobilité.

« C'est en choisissant l'humilité que tu trouveras un antidote à ta honte », murmure encore la petite voix. « C'est d'abord en acceptant ce ventre vide et malheureux que tu pourras relever la tête, cesser de vivre déguisée, dans la peau de quelqu'un qui ne te ressemble guère, reflétée dans un jeu de miroirs de plus en plus déformants, confrontée à un personnage intérieur qui t'opprime. »

Ainsi d'une réflexion à la suivante, sa pensée, peu à peu, se délie, comme un écheveau compliqué sur le bois du dévidoir et enfin, elle s'endort entre Agnès et Martin dont elle entend le souffle régulier.

# 2

*Oh ! ce frottement de la truelle sur l'écueil des pierres et leur rugosité !*

*Murée pour toujours…*

*Bien sûr, j'avais consenti de longue date à la réclusion perpétuelle, mais lorsque ma porte a été maçonnée, je n'ai pu m'empêcher de ressentir un froid glacial me pénétrer jusqu'aux os. Il y avait dans cet adieu au monde une main qui me portait, me soulevait au-dessus des contingences et malgré tout, une autre qui m'étreignait douloureusement.*

*Sur un coussin de velours noir, j'avais déposé symboliquement la clé et Omarus l'avait ensuite enfermée dans un coffret de fer dont la serrure avait été cachetée à la cire avec le sceau de l'abbaye. Ma volonté se voulait implacable, presque dure je regardais l'abbé droit dans les yeux, proche d'une exaltation effrontée, peut-être pour ne pas risquer de fléchir…*

*Puis le gâcheur était arrivé avec son baquet de mortier… Et ce fut le frottement de la truelle, comme je l'entends aujourd'hui où un moine consolide l'un des piliers du cloître. Cette éternité d'obscurité et de froid parce que ma seule lumière ne devait plus émaner que de la contemplation du visage de Dieu.*

*Rayonnement de mon âme, confrontation avec l'Absolu. Telle fut alors ma mission : atteindre la vérité des hommes dans le silence recueilli et, à mon tour, les éclairer.*

*Serait-ce parce que j'entrevois ta route, Éléonore, qui s'en va longuement vers l'horizon, que je me bouche les oreilles pour ne plus entendre ce raclement sur la pierre… J'ai cru donner ma vie le jour de mon entrée en réclusion, mais c'est à chaque instant qu'il me faut de nouveau consentir, renouveler la promesse, offrir sans retenue les impressions quotidiennes, les souvenirs qui s'acharnent, les rêves démolis, les tâtonnements obscurs d'une longue fidélité.*

*Dieu me comble et Dieu m'éprouve ; ainsi mon destin escarpé oscille entre extase bienheureuse et indicibles tourments, comme pour me rappeler que seule la mort pourra m'ouvrir le vantail de la béatitude éternelle. Cette folie de l'emmurement, pour conjurer une autre folie peut-être ? Pourtant, cette passion dévorante débouche sur la félicité des saints après tous ces passages de nuit.*

*C'était à l'automne, le soleil avait mis du temps à percer les brumes matinales, mais il m'avait gratifiée d'un dernier rayon. Mon corps était léger grâce à une semaine de jeûne et un sommeil entrecoupé de réveils réguliers, pour maintenir ma vigilance à l'Appel. J'avais confessé mes péchés, lavé mon âme dans le sang de l'Agneau, espéré le pardon.*

*Sur la dalle froide de l'abbatiale, j'étais étendue les bras en croix et l'on m'avait recouverte du drap des morts. Omarus avait jeté sur moi une poignée de cendres. Derrière, une grande foule où se mêlaient gravité et stupeur priait pour soutenir mon engagement. La lueur vacillante des cierges faisait reculer l'ombre et le parfum de l'encens et de la cire s'était abondamment évaporé dans le chœur.*

*Comme une litanie confortante, j'avais répété longuement : « J'ai trouvé Celui que mon cœur attendait, je devance l'Aurore et je prie. »*

*Durant l'année de préparation, où je rencontrais quotidiennement Omarus, il me fut demandé souvent : « Êtes-vous sûre de votre conviction et de votre foi, pour subir une épreuve digne des martyrs ? » Sans hésitation, j'avais réaffirmé jour après jour mon intention. La vie m'avait consolidée, car les épreuves rencontrées sont des ferments de force intérieure. Arrive un seuil où l'on se sent capable de tout traverser, parce que l'on se sait accompagné pour toujours et depuis toujours.*

*Mèche après mèche, mes longs cheveux bruns étaient tombés sur le dallage... Et je fus revêtue du scapulaire. J'étais la nouvelle épouse du Christ et l'anneau d'argent apporté sur une patène scella mes noces. L'étreinte paternelle de l'abbé suivit cette remise à Dieu.*

*La plume avait gratté le parchemin. Je m'étais engagée par écrit en renouvelant mes vœux de pauvreté, de chasteté, d'obéissance et surtout de stabilité. Des sursauts de tous les possibles, je passais dans l'irrévocable. Je lus ma promesse à haute voix, puis l'écrit fut enroulé dans un linge et placé à tout jamais sous une dalle de l'autel.*

*Ce n'était pas seulement la bienveillance d'Omarus et les chants de la foule qui me soutenaient. Au premier rang de l'assemblée, je distinguais la voix basse et chaude de Mathieu. Mon fidèle fauconnier était là pour un dernier au revoir. Je savais qu'après la cérémonie, il repartirait à Vermance sauver ce qui pouvait être sauvé, redonner vie à ces ruines, vénérer une mémoire, affaiter et aimer d'autres oiseaux. Ainsi nos destins s'accomplissent, la route un jour se divise et nous allons chacun de notre côté.*

*Dans l'ombre douce, je sentais aussi la présence de Marguerite, la béguine errante. Elle avait rejoint la communion des saints et elle posait sa main sur mon épaule. Proche de Marie-Madeleine, la patronne des anachorètes, elle serait dans les moments difficiles ma protection et mon secours.*

*Que dire encore de ce jour à la fois lumineux et austère ? On m'avait relu la lettre aux ermites de Bernard de Clairvaux et l'on m'avait donné le livre d'Elrède de Rielvaulx pour que je fasse bon usage de tous les conseils prodigués aux reclus. Il me faudrait fuir la vanité, l'orgueil d'un rêve secret d'influence car parfois j'aurais la tentation de m'approprier le pouvoir que je sens en moi lorsque j'intercède efficacement pour l'un ou l'autre de ces fragiles humains qui m'approchent. Il me faudrait pour toujours laisser la place à Dieu, me redire que j'étais seulement l'instrument de sa gloire, jamais l'acteur principal. Il me faudrait attendre en silence le statut de Dieu, parler en peu de mots, ajustée au plus près de l'intention divine.*

*Par la méditation, j'essaie de m'approcher du souffle de l'Esprit, d'être intuitive à la vérité et de la transmettre. Mais que de balbutiements et d'ombres ! Que d'opacité parfois à mon enseignement !*

*Ainsi la mélancolie d'Éléonore... Fille de l'acédie. Je reconnais là cette terrible tentation démoniaque et comme je comprends mal qu'elle soit impitoyablement condamnée par l'Église... Nos maîtres considèrent cette incapacité à la joie comme un péché grave, un manque de courage et de confiance. Pourtant, nos armes pour la vaincre sont si souvent inoffensives et nos remèdes bien aléatoires.*

*Dans cette perdition désarmée, je revois encore et encore la tristesse de mon père au crépuscule de ses jours... Je porte en moi toutes ces obscurités, mon cœur pénétré de miséricorde ne peut qu'implorer et implorer encore pour nos rédemptions. Je ne puis que compatir, jamais juger tellement je me sens si souvent atteinte de leurs inépuisables chagrins. Amis, morts et vivants, vos détresses sont miennes, crucifiées sur la croix, attendant la lumière pascale.*

# 3

Agnès conduit la jeune aveugle d'un pas allègre. Leurs deux silhouettes semblent danser sur le chemin parce qu'il émane de leur allure un bel enthousiasme et que l'étoffe des tuniques accompagne souplement le rythme des pas. Les refrains qu'elles entonnent à voix limpide et assurée ont la joie de l'alouette à la promesse de l'aube. Quelques nuages indécis dessinent sur le ciel des formes douces, accentuent tranquillement l'azur.

Depuis trois semaines maintenant, les pèlerins avancent par un temps radieux, comme si le ciel était complice, et la plupart sont déjà bien accoutumés à la rudesse du voyage, la forte chaleur de midi, les nuits souvent inconfortables. Éléonore renouvelle chaque matin sa volonté d'être fidèle à son vœu, d'avancer coûte que coûte, d'accomplir cette route difficile, de faire tout simplement comme les autres, sans se plaindre, sans montrer sa peine.

Avec Martin qui tient l'ânesse par la bride, elle est juste derrière Agnès et la jeune aveugle dont elle n'a pas encore appris le nom. Au loin, de douces collines, assoupies sous le soleil de juillet, offrent une belle palette où les verts et les bruns s'épousent tandis que sur les pâturages ondulent de grandes vagues, à l'invitation du vent. « Comme j'ai de la chance, murmure Éléonore pour elle-même, je peux voir ce paysage nouveau, découvrir tellement de choses. »

Elle entend Agnès qui raconte à sa compagne l'agilité d'un écureuil qui les suit de branches en branches depuis un bon moment, la variété des fleurs du talus où règne la digitale pourpre, la mousse et le lichen, qui profitent de la moindre fissure sur les murets, à la lisière des estives. Parfois, tenant plus fermement l'infirme, elle la met en garde contre les racines noueuses, les ornières et les pierres saillantes devant ses pas. Ici, la roche affleure partout, sèche, coupante, parfois rouge. Cette voix affectueuse qui décrit les paysages avec une infinie patience, comme on chanterait une mélodie entrecoupée de silence, ouvre plus largement les yeux d'Éléonore, la sort d'elle-même, lui offre des milliers de sensations agréables auxquelles elle est si souvent inattentive.

À côté de tous les bien-portants qui accomplissent le pèlerinage, soit pour remercier d'une faveur, soit pour implorer une grâce, soit pour accomplir une pénitence, il y a beaucoup de malades qui espèrent un miracle. À quelques coudées derrière, on entend les béquilles d'un boiteux qui suit le même train que les autres, mais au prix de quel effort ?

Éléonore perçoit ces misères physiques et commence à discerner celles de l'âme chez ses compagnons de route, et les raisons de sa présence dans cette foule ne lui apparaissent plus avec la même évidence. Elle est en train de changer, presque imperceptiblement. En elle des liens se distendent, des attaches se desserrent et un étrange sentiment de délivrance surgit comme un murmure de source. Elle est partie pour fuir quelque maléfice diffus, demander le retour de l'amour et la bénédiction d'un enfant et maintenant, entourée de tant de souffrances, son cœur s'allège comme si, du poids de ses prochains, elle déchargeait le sien.

Dans cette cohorte parfois pathétique qui cherche un soulagement, une réponse, une direction, elle se sent bien moins malheureuse. Les mains unies, les gestes de réconfort, l'amitié qui jalonnent cette marche parfois astreignante ou inquiète sont des adoucissements, même s'ils ne lui sont pas directement prodigués. « Tous ces hommes et ces femmes à la peau tannée par le vent, la chaleur ou la pluie, au versant des montagnes, en route vers le couchant... » Je suis des leurs, pense Éléonore. « Ils vont, je vais. Petit peuple des villes, hobereaux des campagnes, bourgeois et nobles chevaliers, quel espoir vous anime ou peut-être quelle repentance folle vous torture, sur la draille qui vous conduit à Sainte-Foy de Conques, Moissac ou encore la lointaine étoile de Compostelle ? Cette foule d'estropiés du corps et du cœur qui suit Jésus, ce peuple d'Évangile, c'est nous », se redit-elle avec émotion. « Et de nos piétinements dans l'obscurité surgissent des envols allègres, des rires légers comme des bulles, des intentions pleines de bienveillance. Mes prochains... J'aime cette compassion qui m'habite ce matin. Ils chantent, je chante. Personne n'échappe à la peur sournoise des issues dramatiques sur le cours de nos vies, à certaines violences du destin, mais personne non plus n'est totalement exclu de fulgurances joyeuses, de moments bénis, de sentiments généreux comme un déploiement de soi, un dilatement du meilleur qui nous habite. Je vais inscrire profondément en moi cette page de fraternité, cette cohésion de semblables, soumis aux mêmes émois, aux mêmes interrogations, aux mêmes partages de joies et de peines. »

Ce matin, elle reçoit ce don merveilleux de l'ouverture aux autres, cette envie de partager, recevoir, donner. Ce regard inversé, détourné de la part sombre qui l'habite, fait jaillir en elle une joie pure, irradiante, qu'elle n'avait pas éprouvée depuis très longtemps. Elle a cette impression que l'amour est un grand courant fluide et que la communion reçue à la messe du matin prolonge son œuvre, rassemblant plus étroitement tous ces gens. C'est comme si l'existence séparée des individus était un leurre et qu'une osmose continuelle entre les êtres, une imprégnation permanente, des influences impalpables unifiaient tous les hommes. Elle partage avec tous ces poursuiveurs de quête la peine qui l'habite. « On marche à tâtons, sans doute jusqu'au dernier jour, mais on marche avec les autres. »

Elle hâte le pas et vient prendre l'autre bras de la jeune aveugle. Lorsque celle-ci tourne la tête et lui sourit, Éléonore est vraiment attentive à son visage, en saisit les frémissements, comme les ombres du ciel sur la prairie. Elles sont à l'unisson, respirant d'un même souffle et la vie s'écoule, plus douce. Ainsi des rencontres sont semées et chaque fois qu'elle pourra faire un pas, même minuscule en direction des autres, c'est vers la paix de Dieu qu'elle ira. La révélation du jour c'est que le prochain est d'abord celui ou celle dont elle s'approche… Elle va s'efforcer de mieux pénétrer dans ce brassage qui mérite miséricorde, percevoir la fragilité ou l'appel de chacun, ouvrant ainsi les vannes de son cœur et elle se dit qu'il y a de multiples occasions pour rompre sa solitude.

Elle se sent comme le nuage effiloché dans le ciel, sur lequel plus rien ne pèse.

La journée passe ainsi, sans qu'elle n'ait vu le temps s'enfuir, et le crépuscule est déjà bien avancé lorsqu'ils arrivent à cette ville du Puy-en-Velay qui a fasciné leur imagination depuis le départ. Ils ont juste pu distinguer la masse sombre de la cathédrale avant de rejoindre, harassés, leur hébergement à l'Hôtel-Dieu.

Au petit matin, la foule est immense, encore grossie de tous ceux qui viennent de la région de Nevers, Clermont et Cluny, ou de plus loin encore, des confins de l'Europe. Il faut jouer des coudes en montant les nombreuses marches qui conduisent au parvis, entre les maisons et les boutiques de toutes sortes, accolées à l'imposant escalier. Martin essaie de faire de la place, il déploie ses larges épaules pour protéger sa sœur qui avance à grand-peine, respirant avec difficulté. Mais elle ne se sent pas oppressée, elle regarde vers le haut, émerveillée par la beauté du porche, l'alternance des couleurs où la brique et le basalte dessinent une géométrie remarquable. Sur les voûtes et les arcades où joue la lumière, elle admire les losanges, les carrés, les grands damiers, comme un gigantesque jeu d'échecs. Mais à ce défi-là, elle se promet qu'elle sera gagnante, cette fois. À travers l'œuvre inouïe des bâtisseurs qui ont gravé leur foi dans la pierre, elle perçoit la prodigieuse force humaine et simultanément toute la faiblesse de ce peuple tendu vers l'horizon divin.

La messe a commencé et la nef est déjà trop pleine. Ils devront suivre l'office depuis les derniers degrés où ils sont parvenus. Peu importe, l'essentiel est d'être là et de louer pour toutes les grâces du pèlerinage.

– Tous ces gens qui chantent d'une seule voix, comme cela nous porte, murmure Éléonore.

Après la célébration, ils patientent longtemps avant d'accéder enfin à l'entrée de la basilique.

Éléonore implore pour la cause qui l'a mise en route, mais aussi pour tous ses compagnons de voyage.

Encore quelques pas bien malaisés et ils arrivent devant la Vierge noire, étrange statue, si différente de celle qu'ils ont coutume d'adorer à Saint-Nizier. Ils sont assez loin, mais Éléonore peut quand même allumer un cierge. Dans la flamme, elle voit soudain vaciller la silhouette de M$^{e}$ Amaury, et elle éprouve une grande pitié. Alors, son cœur s'emballe et ses jambes se dérobent sous elle. Elle s'adosse au pilier proche, ferme les yeux. La séparation lui semble à cet instant bien cruelle et elle imagine, avec effroi, son époux dans ces contrées lointaines parmi tous ces inconnus à la réputation dangereuse. Elle se rassure cependant en se disant qu'il a une grande expérience des voyages, une assurance forte, une intelligence rusée. Et puis Marie, la mère de Dieu, peut la comprendre et être sa messagère pour porter son amour jusqu'à ces incertains pays. Elle a l'intuition que le temps et la distance ne sont rien pour les saints du ciel et une confiance inhabituelle la réconforte.

La presse est un peu moins serrée quand ils redescendent de l'église. Tant bien que mal, à travers le dédale des ruelles ombragées, ils atteignent la poterne, sortent de la cité pour aller jusqu'à la chapelle Saint-Michel d'Aiguilhe, haut perchée sur son piton isolé. Ils ne sont pas au bout de leurs peines et il faut redoubler d'efforts pour escalader les centaines de marches taillées à vif dans le rocher escarpé. Mais cet édifice, suspendu au-dessus du vide, est tellement incroyable qu'Éléonore parvient à ignorer son épuisement. Du sommet, on s'efforce d'éviter le vertige et on voit très loin, d'un côté le pays déjà traversé et de l'autre les monts du Velay et puis ceux de la Margeride et du Gévaudan. Le silence s'impose, ils sont tous bouche bée, stupéfaits, émerveillés devant ce paysage si vaste.

Lorsqu'Éléonore s'endort dans le grand dortoir de l'Hôtel-Dieu, rompue par la fatigue et la densité de ce qu'elle a vécu aujourd'hui, elle plonge dans un sommeil profond d'où aucun rêve ne peut surgir.

# 4

Les hêtres et les chênes épars dessinent leur ombre sur la terre du sentier, apportent leur agréable fraîcheur en ce jour d'été où la chaleur devient de plus en plus accablante à mesure que l'heure s'avance. Sur ce sol à l'humus avare, les arbres ont poussé péniblement, de loin en loin, et sont autant d'éphémères répits pour le marcheur fatigué. Ils aident à avancer comme des relais à atteindre l'un après l'autre, réconfortants. Martin prend la calebasse, une courge séchée qui pend à sa ceinture et la tend à sa sœur. Il n'a pas oublié de la remplir d'une bonne eau pure avant de s'engager pour cette longue étape, car dans cette contrée-là, les sources sont bien rares ou trop discrètes pour désaltérer le passant.

– Cela me fait grand bien, dit-elle en se laissant choir pour un bref moment sur le muret de pierre, sous le feuillage accueillant. J'aurai bien du mal à atteindre la halte prévue.

L'ânesse profite de l'aubaine et broute l'herbe rare qui pousse au bord du sentier. Elle renâcle quand on doit se remettre en route et Martin doit tirer fermement sur le licol pour la décider. Éléonore s'en amuse.

– Allons, je vais lui montrer l'exemple.

À l'aide de son bâton, elle se redresse puis masse son dos meurtri et, vaille que vaille, reprend la route...

– Il suffit de mettre un pied devant l'autre et nous y arriverons bien, ajoute Martin d'un ton qui s'efforce d'être enjoué.

La file des pèlerins s'échelonne et au fur et à mesure de l'avancée, elle étale encore son long ruban, mettant de l'espace entre les groupes ou les solitaires qui recherchent davantage de tranquillité. Chacun a pris le rythme qui lui convient sans souci d'être le meilleur. La seule victoire à atteindre est une conquête sur soi-même et l'on trouve parfois des réserves d'énergie insoupçonnée.

Pas un seul nuage dans le ciel, un implacable bleu ; on en est presque à souhaiter l'orage, mais pas le moindre souffle de vent ne semble indiquer une démission du soleil. À plusieurs reprises, l'un ou l'autre des pèlerins tente de redonner vaillance à la cohorte en entonnant un chant de marche qui s'accorde au rythme des pas. Il est repris un court moment, puis sans qu'on n'y prenne garde, il trébuche, décroît, s'étiole et l'on retombe dans la torpeur, on continue d'avancer instinctivement.

Vraiment, ils ont hâte d'arriver.

La stridulation des insectes déchiquette l'air sec, tandis que ça et là des colonnes de fourmis laborieuses, chargées de fardeaux démesurés, traversent le chemin, nullement importunées par les rayons qui dardent la terre.

Les oiseaux se taisent, on se demande où ils sont passés, seul, très haut dans le ciel, un épervier qui semble épargné par les tourments d'en bas plane et tournoie majestueusement, sans doute en quête de quelque lapin, vipère ou même agneau blessé.

Sur le plateau, l'air vacille, rendant le paysage indécis. Les ondes de chaleur accentuent l'irréalité et les marcheurs fatigués, assoiffés, vont comme des somnambules.

– Aïe !

Éléonore s'écroule.

Vite Martin s'accroupit à côté d'elle ; Agnès lâche prestement la main de l'aveugle et se précipite ; aussitôt un attroupement se forme, questions et conseils fusent dans tous les sens.

– Oh ! ma cheville ! gémit-elle, tandis qu'une crispation affecte son visage chiffonné et que deux larmes jaillissent sous ses paupières.

Agnès d'un ton ferme éloigne les curieux puis, avec le peu d'eau qui reste dans sa gourde, elle humecte un linge et le passe sur le front de la blessée.

– Je pense que c'est une bonne entorse.

Elle essaie de palper l'endroit douloureux, mais la plainte d'Éléonore l'arrête. Elle doit se contenter d'entourer le pied meurtri avec le tissu mouillé.

– Il reste encore une bonne lieue à parcourir, s'inquiète Martin.

Éléonore tente courageusement de se relever, aidée par ceux qui sont à côté d'elle, mais une décharge vive la fait renoncer. La souffrance, la lassitude, le désarroi se conjuguent et elle regarde son frère d'un air désespéré.

– Il faut décharger l'ânesse d'un de ses sacs pour qu'Éléonore puisse continuer, dit Agnès.

Martin s'approche de la bête qui, indifférente, continue de brouter. Il détache le ballot et le fixe à son épaule, d'un coup de rein. Avec d'infinies précautions, aidé par un jacquet aux bras solides, il installe Éléonore sur le dos de l'animal.

Elle s'agrippe à l'encolure. À chaque pas, la cheville se cogne au flanc de l'ânesse et la malheureuse se mord les lèvres pour ne pas crier. Chaque coudée est un supplice.

Après un temps qui lui semble atrocement long, la route monte encore, mais ce n'est pas un raidillon trop abrupt et la forêt est épaisse à cet endroit. On respire mieux à l'ombre des frondaisons et puis on devine que le but est proche et cela donne de la vaillance.

Enfin la commanderie apparaît. C'est un vaste bâtiment carré, autour duquel des troupeaux paissent tranquillement dans leur enclos et des champs de seigle attendent la moisson.

# 5

Les mains sont chaudes et douces. Elles massent avec lenteur la cheville qui s'abandonne. De belles, grandes mains à la paume tendre où passe tout le calme de l'homme. Chaque orteil est précautionneusement étiré et, dès le début du soin, Éléonore ressent un bien-être inouï. Chaque point, du bout du pied au mollet, est détendu, même l'endroit le plus douloureux et si enflé est merveilleusement soulagé. Éléonore n'a plus conscience du temps qui passe et elle souhaite que se prolonge encore et encore la douceur de ces mains sur sa cheville. Les doigts fins, agiles et sûrs, montent et redescendent, tantôt effleurent, tantôt impriment une pression plus accentuée sur le pied blessé.

Assise sur un tabouret de bois, elle a relevé tunique et jupons à la hauteur du genou et confié sa jambe à l'inconnu, agenouillé devant elle avec tant de naturel et de simplicité. Une chaleur soudaine l'envahit, elle sent ses joues qui rougissent et elle craint que cela ne se remarque, son cœur se met à battre et elle essaie de dissimuler son trouble ; pourtant, elle se risque à baisser les yeux sur le visage attentif qui se penche vers sa cheville. Leurs regards se croisent.

Un grand calme émane de ses yeux bleus, peut-être légèrement gris, et les lèvres ourlées, juste un peu charnues, dessinent un sourire tranquille. La caresse s'éternise avec bonheur, mais la file d'attente de ceux qui nécessitent l'intervention du médecin s'allonge et il faut bien laisser la place au suivant.

– Je suis arrivé à réduire la douleur, je pense, mais avec une entorse comme celle-ci, il vous sera impossible de repartir avant trois ou quatre jours au moins. Grand repos, donc... Et bon courage. Dieu vous garde, je soigne, mais c'est Lui qui guérit.

Le timbre de la voix est à la fois grave, rassurant, paisible.

– Je vous remercie de votre bonté, balbutie faiblement Éléonore en baissant la tête.

Appuyée au bras de Martin, elle retourne sur sa couche, dans la fraîcheur du dortoir, protégé des ardeurs de l'été et des rigueurs de l'hiver par d'épais murs en pierre grise. Seule, une étroite ouverture dispense une lumière avare dans la salle.

Elle est ailleurs... Dans un halo bienfaisant, comme si c'était son corps entier qui avait été soigné avec cette étonnante douceur...

Hier, après avoir franchi le portail massif de la commanderie, ils avaient découvert derrière la grande cour carrée, et à côté des énormes dépendances et de la chapelle, la salle commune qui servait de réfectoire. Cette pièce était vaste et haute avec un plafond en ogive et sur de grandes planches posées sur des tréteaux, des écuelles, des gobelets, de grosses miches de pain bis et surtout des pichets d'eau fraîche coupée d'un peu de vin, réconfortaient dès l'entrée les nombreux pèlerins. À côté de cette salle, l'infirmerie de dimensions plus modestes recevait les marcheurs affectés d'un mal ou d'une blessure. Éléonore avait patienté longtemps avant que l'un des templiers ne l'amène vers un baquet et lui lave les pieds en ajoutant du sel dans l'eau presque glacée. Le soulagement avait été rapide, mais de courte durée malgré tout. L'hôte déjà âgé portait le manteau brun des sergents et la croix pattée rouge était cousue sur le vêtement. Elle remarqua qu'il y avait peu de chevaliers à la tunique blanche dans la salle. L'ordre de ces moines soldats ne lui était pas étranger, à Lyon une commanderie s'était installée dans le quartier Saint-Georges au début du siècle.

Ensuite, elle n'avait même pas eu la force d'avaler le gruau de seigle que l'on avait versé dans son écuelle de bois et on l'avait hissée jusqu'à l'un des dortoirs situés au-dessus de la grande salle. Avec cette douleur lancinante qui s'accentuait brusquement au moindre mouvement, elle n'avait pour ainsi dire pas fermé l'œil de la nuit.

C'est peut-être pourquoi ce matin, bien peu de temps après le soin, elle s'est assoupie profondément, lissant ainsi toute la fatigue accumulée au long des jours passés. Par intermittence, une main douce entrouvre lentement le paravent de son sommeil et, de ses rêves, surgit la lueur tendre d'un regard bleu.

# 6

*Omarus sort de la salle capitulaire, escorté du prieur et des plus anciens. Son pas se veut solide, mais je le perçois fatigué, tant de responsabilités lourdes, de décisions difficiles, de redressements inflexibles parfois.*

*Tiens ! Il s'approche de ma cellule alors que les autres religieux, capuchons rabaissés, continuent leur lente traversée du cloître, s'efforçant d'atténuer le moindre bruit de pas. Un coq chante, dominant le bêlement plaintif des agneaux. La cloche appelle les moines au réfectoire.*

*Je fais glisser le volet de ma grille pour l'accueillir. Claquement sourd du fer qui heurte le bois. Le front de l'abbé est soucieux, les mots longs à traverser l'espace d'une réflexion ardue.*

*– Nous venons de préparer mon intervention auprès de notre nouvel archevêque. Après les dernières séances des 5 et 17 juillet qui n'ont pas abouti à la réconciliation, il souhaite mon avis avant de se rendre à un conseil de quelques hauts dignitaires. La situation en effet est extrêmement grave, Innocent IV a prononcé la déposition de l'empereur par contumace, puisque ce dernier encore une fois n'a pas daigné se*

*présenter à l'ultime session. Je viens à toi, Mathilde, car tu as connu, m'as-tu raconté, l'empereur d'Allemagne, qui est au centre des débats. Pour ma part, et je le pense bien modestement, les différends militaires et politiques entre le Pape et Frédéric Hohenstaufen occupent une trop large place parmi les nombreuses questions abordées et la spiritualité reste quelque peu en marge. C'est peut-être d'ailleurs pour cette même raison que notre évêque Aymeric a démissionné dès la fin du concile et a été aussitôt remplacé par Philippe de Savoie. Ce prélat, très habile politique, a mis son armée à la disposition du pontife, qui de ce fait n'ose pas lui refuser certaines exigences temporelles. Pourtant, reconnaissons-le, les intentions évangéliques étaient indéniables puisque les convocations du concile portaient la devise « Justice et Paix » et que plusieurs décrets conciliaires ont été pris, concernant notamment l'accroissement de la juridiction des évêques. On doit aussi saluer l'esprit de dépouillement conseillé aux éventuels croisés, même si la défense de Jérusalem n'a pas été vraiment envisagée et, bien entendu, l'ouverture missionnaire en pays mongol. Mais personnellement, je regrette que d'autres sujets, comme le schisme grec ou le relâchement des mœurs, n'aient pas été davantage évoqués. Cela n'engage que moi, bien sûr, toujours est-il que je voudrais que tu m'éclaires sur ce personnage tant honni.*

*Quel retour dans le passé, soudain… Je réalise difficilement que c'est la même Mathilde qu'aujourd'hui qui a côtoyé tant de noblesse et de faste. Je rêve peut-être ? Je dois me pincer la joue pour qu'accèdent clairement jusqu'à ma conscience les propos d'Omarus.*

*– Quels souvenirs évoquez-vous, l'abbé ! C'était dans mon ancienne vie…*

*– Certes, mais la trame de nos jours est une. Avenir, présent et passé ne forment qu'un tout. L'apparent chaos à nos yeux n'est que le destin tracé par le Très-Haut et, dans son éternité, nos étapes, nos secousses, nos changements et nos sursauts sont dérisoires. Essaie de te souvenir, Mathilde, il convient que je sois juste et pour cela éclairé. Il s'agit de l'excommunication et de la déposition d'un empereur, cela nécessite un grand discernement.*

*Des images colorées affluent à ma mémoire, se précipitent en désordre, puis s'ordonnent en un récit cohérent, étonnamment limpide et alerte. L'Esprit est à l'œuvre.*

*Alors je lui parle de cet homme aux multiples facettes, de son intelligence brillante, de son énergie indomptable et de sa vaste culture. Petit-fils de Frédéric Barberousse, lignage d'excellence !*

*Né et élevé à la brillante cour de Sicile, avant d'être sacré empereur du Saint-Empire romain germanique, il parlait cinq langues, aimait s'entourer d'hommes de science, de mathématiciens, d'astrologues, mais aussi de poètes…*

*Son enfance à la cour fut peut-être privilégiée… Je ne sais. Orphelin à trois ans, il a connu je crois la violence du monde et ses combats dès le plus jeune âge. On racontait qu'il devait la vie à deux médecins arabes. À sa naissance, sa mère était déjà vieille et, sans l'intervention de ces deux sommités, il n'aurait pas vu le jour. À cette époque, de nombreux savants arabes séjournaient en Sicile et il n'est pas étonnant qu'il ait gardé des liens étroits avec eux, si infidèles soient-ils, et que de passionnantes discussions avec son ami Ibn Sabyn aient pu inquiéter la curie !...*

*Je crois surtout que Rome a tout à craindre de cet envahissant voisin qu'elle surnomme « Stupor mundi ». En effet, les États pontificaux sont enclavés entre la Germanie et la Sicile.*

*Les deux ennemis avaient aussi des vues sur les villes lombardes et, d'escarmouches en escarmouches, batailles après batailles entre Gibelins et Guelfes, on était arrivé à cette discorde qui assombrissait l'issue du concile, au point d'occulter tout le reste.*

*La querelle des investitures, certes, ne datait pas d'hier, mais les divergences sur les limites des pouvoirs temporels et spirituels avaient pris une extravagante ampleur. Quelle était la volonté de Dieu dans cet enchevêtrement ?*

*Non, cet homme contesté n'était pas si mauvais que cela. Prédateur comme ses faucons, sa puissance se heurtait à une autre puissance, voilà tout. Mais les danseuses qui agrémentaient ses banquets et le délassaient de ses épouses successives, sa tolérance envers les Arabes et les Juifs, ainsi que sa volonté farouche de consolider son héritage impérial en avait fait l'Antéchrist.*

*Je pressens que mes arguments seront bien minces pour assouplir la rigueur montrée à l'égard de cet homme controversé qui fut même, contre la volonté de l'Église, roi de Jérusalem après sa première excommunication par Grégoire IX en 1227. Contrairement à tant de croisés, il avait réussi, sans coup férir, à s'imposer dans les lieux saints.*

*J'essaie d'en faire un portrait équitable, mais tout semble joué d'avance. Je me demande pourtant dans quelle mesure la superbe du Souabe sera atteinte par les sanctions pontificales…*

*Omarus se lève, les épaules courbées, il me remercie, lourd d'indécision et de responsabilité, et puis va rejoindre les autres au réfectoire. Il apportera sagement, avec une lucidité scrupuleuse mais sans illusion, sa modeste pierre à l'édifice du concile.*

*Mon Dieu ! Comme le souvenir de cet empereur se réveille tout à coup si vivace.*

*J'ai eu le grand honneur de le rencontrer dans sa jeunesse, une seule fois il est vrai, mais comment oublier le faste de cette fête et surtout le bonheur de mon père…*

*Cela se passait non loin du palais impérial de Haguenau. Nous avions eu le privilège d'être conviés à l'une des réceptions somptueuses qui avaient suivi le sacre de Frédéric à Aix-la-Chapelle le 23 juillet 1215. De riches cadeaux avaient été offerts au futur empereur. Sur ordre paternel, Mathieu avait acheté deux jeunes gerfauts désairés en Scandinavie et, avec d'infinies précautions, nous les avions transportés de la province où nous vivions, jusqu'à ce pays foisonnant de forêts et de prairies giboyeuses.*

*Dans la plaine dégagée, devant les tentes multicolores dressées pour l'occasion et au faîte desquelles flottaient bannières et étendards, princes et chevaliers paradaient sur leurs chevaux fringants, faucons au poing sur leurs gantelets. Ils avaient fière allure dans leurs riches atours : soie, brocarts, velours revêtaient hommes et montures de la même couleur et sur les rouges foncés, les verts francs, les bleus profonds, étaient brodés les blasons de chaque lignage.*

*Comme mon père était heureux d'être là, le bras levé, exposant à tous son magnifique oiseau. Il était superbe, dans la force de l'âge et son allure racée s'accordait bien avec la noblesse de son nom : Tristan de Vermance. Il apportait avec lui un héritage de hauts faits et de multiples services rendus à l'Empire. À ses côtés, impressionnée mais nullement effarouchée, je montais un palefroi blanc moins nerveux que le sien et je caressais tendrement l'émerillon reçu depuis quelques mois, le jour de mes quinze ans. Un cercle d'or émaillé maintenait mes longs cheveux bruns.*

*La vitalité du jeune souverain était aussi étonnante que son aisance et sa prodigalité. Nous l'avions aperçu, dès le petit matin, en compagnie de son astrologue, Michel Scot, qu'il consultait régulièrement pour appuyer ses décisions. De son visage juvénile, encadré de cheveux roux, émanait une franche gaîté et son rire éclatant révélait le plaisir intense qu'il prenait à ces parties de chasse.*

*Après la confusion du départ, le franchissement d'un ruisseau sur un pont de bois et quelques galops pour calmer barons et montures, on s'était éparpillé dans la plaine, parsemée de fourrés et de taillis. Le faucon, débarrassé de son chaperon, était monté tout droit dans le ciel, il faisait du surplace au-dessus de nous. Mathieu, la tête enserrée dans un simple béguin, tenait les chiens en laisse. Quand il les avait lâchés, on n'avait attendu qu'un bref moment avant qu'ils ne se positionnent à l'arrêt parce qu'une compagnie de perdreaux avait été levée. Un cri bref du fauconnier : c'était le signal et l'oiseau de proie repliait ses ailes, piquait en chute libre et en un instant vertigineux, la perdrix était prisonnière des serres. Le chien rapportait le butin, le faucon retrouvait le gantelet et la friandise qui le récompensait.*

*Émotion intense d'une saison révolue…*

*Le beau visage de mon père et le bonheur qui l'habitait restent gravés à jamais dans les souvenirs de ce temps insouciant.*

*C'était peu avant l'irréparable rupture de nos jours.*

*Ce fut l'une de ses dernières chasses, l'une de ses dernières joies…*

# 7

Elle lève à demi la tête de sa paillasse et tend l'oreille, intriguée. « Comme c'est étonnant ! Mais oui, on joue de la musique dans la cour ! » Tant bien que mal, s'appuyant le moins possible sur sa cheville encore un peu sensible, Éléonore descend les marches sans faire de bruit.

Timidement, elle sort de la grande salle, hésite au seuil. La nuit est tiède et le ciel, en ce mois d'août, est parsemé de milliers d'étoiles. C'est bien une flûte et un rebec qui enchantent l'heure, une mélodie d'autant plus merveilleuse qu'elle est inattendue dans cette commanderie, ceinte du grand silence des forêts de la Margeride.

À la clarté d'un mince croissant de lune, elle l'aperçoit, assis à même le sol à quelques pas de la chapelle, faisant glisser délicatement l'archet sur les cordes, la tête tendrement inclinée sur l'instrument. « Mon Dieu, comme il est beau et émouvant », pense-t-elle en reconnaissant le médecin dont l'ombre la frôle depuis deux jours, où qu'elle soit et quoi qu'elle fasse. La jeune femme s'avance lentement parmi d'autres pèlerins, eux aussi envoûtés par le spectacle, elle vient agrandir le cercle. À peine se rend-elle compte qu'elle chasse l'image importune de Me Amaury qui insiste à l'entrée de sa conscience. Mais le souvenir gênant s'éloigne à pas de loup, sans rompre le charme.

« Des mains pour soigner et pour jouer avec tant de grâce, des mains pour donner du bonheur... » Éléonore ferme les yeux, plonge dans son cœur, y inscrit la féerie de cette nuit. En elle, comme un minuscule filet d'eau claire, la musique descend, se fraie un chemin ténu et sinueux entre les rochers de ses peurs. La source va, humble et tenace à la fois, fragile et volontaire, elle murmure quelque chose de très doux. Elle a trouvé une fissure, puis un passage et c'est comme si la vie surgissait de nouveau, revenue de tellement loin. Tout son être s'ouvre, elle est éclose, femme. Sa terre intérieure se craquelle de toutes parts, s'ameublit, casse les duretés. Elle est recueillie, accueillante. Elle était l'aridité et voici, comme une pluie bienfaisante, la magie de cette heure nocturne, qui la fait renaître. La musique et la joie s'harmonisent, elle est ajustée à l'instant, plénitude éphémère.

Et puis la mélodie change de rythme, devient plus allègre. Éléonore rouvre les yeux, se demande de quelle contrée enchanteresse elle émerge. « Ce beau sourire paisible, il se nomme Siméon, j'ai entendu qu'on l'appelait ainsi. Ce nom va bien avec la sérénité de son visage. » Comme si elle lui parlait, les mots se bousculent.

L'assemblée a repris le refrain, Éléonore y mêle sa voix et c'est pour lui qu'elle chante cette complainte en langue d'Oc que des troubadours ont essaimée, depuis la cour du comte Raymond de Toulouse, jusqu'à des contrées éloignées, au hasard de leurs fêtes, de leurs humeurs fantasques ou des caprices du monde. Peut-être que Siméon vient de ce pays du sud où les poètes mettent une embellie sur tout ce qu'ils approchent ? Encore quelques accords, le chant s'atténue puis se tait, un silence léger étend sa chape impalpable sur les pèlerins extasiés.

Avant que le sortilège ne s'estompe complètement, plus lente et plus grave, une nouvelle musique égrène ses notes… La flûte se tait, seul le rebec propage son incantation aux portes de la nuit. Le temps passe, merveilleusement tranquille, à l'image de ses yeux clairs.

Mais, soudain, le sourire s'efface, la mélodie se casse comme un sanglot, devient à la fois plus belle et plus poignante. Éléonore devine que l'histoire de cet homme n'est peut-être pas aussi empreinte de quiétude qu'elle l'avait d'abord supposé. Alors la mélancolie déploie son ombre veloutée au-dessus d'eux, les enveloppe sans crier gare dans les pans de l'obscurité. Mais c'est une tristesse douce qui ne submerge pas la joie.

Ils ont mis longtemps à regagner le lieu de leur sommeil, dortoirs pour les uns, prairie aux mille fleurs, sous la voûte céleste pour les autres. Elle reste, la dernière, auréolée par un rayon de lune. Avant de franchir la porte, Martin se retourne, la contemple avec un mélange d'étonnement et d'admiration. Il y a des années qu'il n'a pas vu cet éclat dans son regard. Il hésite à la ramener affectueusement à l'intérieur du logis et puis il rentre seul…

Comme dans un rêve, Siméon s'avance, prend la main d'Éléonore et ils gravissent lentement la colline et s'allongent dans l'herbe tendre, à l'odeur de l'été. Ils demeurent ainsi un grand moment sans mot dire, seuls leurs souffles s'échangent sous la coupole accueillante du firmament. Et puis longtemps après, tournant son visage vers elle, il lui demande :

– Connaissez-vous les étoiles, Éléonore ?

Sa voix profonde n'a pas vraiment rompu le silence, elle l'a seulement délié, entrouvert pour lui parler d'Antarès vers le sud, de la constellation de la Lyre au zénith, de la voie lactée qui s'étire jusqu'au Sagittaire…

Tous ces noms poétiques la bercent de leurs sonorités étranges, elle les entend pour la première fois, les savoure comme un don inestimable.

Clin d'œil complice : une étoile filante sillonne le ciel de sa brillante trace éphémère. Ils auraient pu faire un vœu, comme c'est la coutume. Mais ils se gardent bien de penser au-delà de cet instant d'exception. Il faut laisser à l'avenir sa virginité, ne pas l'encombrer de serments impossibles, de mots inutiles, de vains regrets d'avance. Seul leur appartient ce moment évanescent qui aura la magnifique puissance d'éclairer les jours futurs. Éléonore pressent cela. Depuis ces dernières semaines, elle a davantage vécu que pendant toutes ces années où elle a tiré l'aiguille pour passer le temps, cherché dans son jardin une raison d'avancer dans la pâleur des jours inconsistants. Sur l'obscurité, les étoiles luisent comme jamais, leur scintillement imprime dans son cœur des lueurs indélébiles, une force gravée à l'or fin, pour toujours.

Ils sont côte à côte et la chaleur de leurs corps se mêle de l'un à l'autre. Pourtant, cette nuit restera une promesse, rien qu'un prélude, mais cela est plus que suffisant pour redonner toute sa saveur à la vie. Éléonore se sent de nouveau quelqu'un d'autre que son ombre falsifiée. Il est temps de congédier les écorces qui la cachent à elle-même et au monde.

Presque à l'aube, sur le sentier qui les ramène, une luciole leur fait un signe discret.

– Éléonore, comme les rois mages en partance, gardez en vous une étoile incrustée, mettez devant votre horizon un rêve à poursuivre, ne l'oubliez jamais. Cet astre secret fera la trace de votre passage sur terre.

– Je la cherche à tâtons, cette lumière, mais nous serons d'infatigables veilleurs et je sais maintenant que du découragement, l'espoir peut revenir.

– Qui sait les fruits de l'avenir ? Voyez-vous, autrefois j'ai semé et derrière moi j'ai cru abandonner la récolte. Les graines ont germé, les arbres sont nés, les fruits ont été cueillis par des enfants de passage. J'allais loin devant, trop soucieux de ce passé enfoui. Mais terres et semences furtivement s'étaient alliées derrière mon dos et je fus escorté d'un verger en fleurs. J'ai dû fuir un pays, abandonner une famille, mais Dieu a mis sur ma route l'appel de tant d'êtres souffrants que ma vie est remplie d'amour. Les malades sont ma raison d'être, soulager le mal, prêter humblement mes mains au Seigneur, voilà au jour le jour ce qui éclaire mes pas. Vous aussi trouverez votre propre chemin… Éléonore, tendre amie, vous resterez à jamais une rencontre d'une merveilleuse douceur et votre empreinte restera tracée dans le sable de mes souvenirs.

– Merci, merci de tout mon cœur, ce moment partagé aura été une bénédiction.

La lueur de l'aurore éclaire la colline, le jour va naître, paisible et rempli d'espérance.

# 8

C'est en fredonnant qu'elle descend jusqu'à la Virlange. Un simple refrain, un élan spontané sans rime ni raison, mais qui lui ressemble ce matin. Sa cheville lui fait encore un peu mal, mais elle éprouve de la gratitude pour cette petite douleur qui, à chaque pas, lui rappelle la main douce de Siméon.

Légère, elle va, jusqu'au ruisseau qui cascade sur les pierres, murmure son eau vive, clapote sur l'étroite plage de sable fin, se calme aux abords d'un îlot rocheux, bondit de plus belle, tourbillonne contre une branche morte, la contourne allègrement.

Éléonore s'assied sur la rive, jambes repliées, le menton posé dans la cupule de ses mains. Les hêtres déploient leurs feuillages somptueux et plongent leurs racines noueuses dans le sol humide. Ici le vent chuchote, c'est un bruissement ténu, il confie son secret. Plus haut, il s'en donne à cœur joie, étreignant les rochers, faisant alterner son frémissement de source avec les brusqueries du silence, puis à nouveau haletant au ras du vallon.

Elle ne se sent plus agrippée aux berges de son existence, retenue par une indicible peur qui la condamne à vivre si peu que cela ressemble à une petite mort. Comme la brindille, elle se laisse porter par le courant, joyeuse, elle ne nage plus à contresens. Tout, ce matin, lui semble naissant, elle vibre comme un cristal, perçoit le monde et les autres de toutes ses fibres. Pour elle, l'univers vient d'être créé, elle est à l'unisson de la terre, du ciel, de l'eau, éblouie par tout ce qu'elle voit, sent, touche.

Jubilation profonde.

Elle respire, écoute les battements de son cœur et s'émerveille du miracle de la vie, don de Dieu et elle renouvelle son appartenance au cosmos, dans la pulsation des choses. Un enthousiasme neuf l'habite. Elle acquiesce de tout son être aux promesses du jour.

Liberté joyeuse, elle pressent aujourd'hui que la chance s'accorde à son destin. Dans son âme, remue doucement cet émoi, cette joie pelotonnée comme une petite boule de pelage chaud, qui tressaille à la moindre alerte. Elle, si sage, la voilà qui deviendrait presque désinvolte... Elle se dit : « Peu importe ce qui doit advenir, soleil ou pluie, ombre ou lumière, amour conjugal revenu ou non, il y aura toujours des êtres à choyer, des mains tendues à saisir, une épaule sur laquelle prendre appui. » La confiance à nouveau l'habite et même le buisson d'épines est promesse de fleurs.

L'air est frisquet, tant pis, elle enlève ses habits et entre dans la Virlange. Elle avance encore un peu, jusqu'au rocher où l'eau est plus calme et plus profonde. Elle s'enfonce sans souci du froid qui l'enveloppe, toute la nudité de son corps est caressée par l'eau qui s'en va dans le courant, elle ferme les yeux pour savourer son bien-être. Elle remue doucement et sa peau est parcourue de frissons voluptueux.

Agnès et Élisabeth la jeune aveugle l'ont rejointe.

– La rivière n'est pas trop fraîche ?

– Non, ce bain matinal est délicieux, il me délasse d'avance du lot de fatigues que la marche d'aujourd'hui va apporter.

– Alors allons-y ! Nous avons juste le temps avant l'office et le départ.

Les trois femmes s'ébattent dans la rivière, s'éclaboussent, s'amusent avec insouciance. Les rires traversent la forêt.

Mais déjà, on entend la cloche de la chapelle qui rameute les pèlerins.

– La messe va commencer, vite, rhabillons-nous et allons célébrer notre Seigneur qui a créé tant de merveilles.

Dans la nef, Éléonore n'est que louange, elle rend grâce pour ce changement qui s'opère en elle. Comme c'est bon de sentir à nouveau la vie couler, cette fluidité de l'être. Dans une grisaille, elle revoit les jours passés où son visage était prisonnier d'un masque qui figeait ses traits et n'était plus le sien. Elle prie pour M^e^ Amaury, mais le lien qui la rattache à lui n'est plus une corde raide qui risque de se rompre à tout moment, c'est un fil souple dans la main de l'avenir, auquel elle ne donne plus la même importance dramatique. Et puis, ce n'est pas elle qui l'a distendu... Elle n'a pas à porter un double fardeau et le sien lui paraît maintenant bien allégé. Son amour est encore vivace, elle attend le retour de son époux, mais il n'y a plus cette crispation désespérée.

Elle se dit aussi que le petit être qu'elle a conçu et qui n'a pas vécu est un ange maintenant et qu'elle continue de le porter en elle.

Dans le chœur, éclairé par les trois baies étroites sur le levant, légèrement tourné de son côté, Siméon n'est qu'à quelques coudées. Quel calme émane du gris bleu de ses yeux ! Ses belles mains posées l'une dans l'autre sont une offrande de tout son être, une acceptation confiante de tout ce qui doit arriver.

Quand ils sortent dehors, le cri perçant des hirondelles traverse le silence, des templiers vont et viennent dans la grande cour carrée, vêtus de leur tunique sur laquelle est cousue la croix rouge, une nonne a relevé le seau du puits, des agneaux sortent de la bergerie, suivis du pasteur et d'un chien. Tout cela s'imprime dans le cœur d'Éléonore, forgeant un dernier souvenir à la fois doux et aigu, d'une extrême netteté.

C'est l'heure de se quitter, l'eau de la clepsydre a été mesurée par le Créateur.

Éléonore va partir…

Il n'ose pas la prendre dans ses bras et elle voudrait se blottir contre son épaule…

Il faudra se dire adieu d'un long regard, d'un effleurement du doigt de Siméon sur sa joue et de quelques mots qui transmettent la quiétude.

– Ma douce amie, il est un temps pour les jours d'exception et un autre pour continuer sur leur lancée. Ainsi des éclats vifs percent le ronronnement des habitudes, la fadeur de la monotonie, Dieu nous offre de fulgurantes surprises qui nous remettent en accord avec notre intime vérité et avec le monde entier.

– Merci, Siméon, merci pour tout, votre présence si calme et rassurante m'a éveillée à moi-même, à travers l'intensité de votre amitié, j'ai repris confiance et je m'ouvre à l'avenir, sans crainte.

Le Seigneur envoie des messagers bénis, parfois, et cette émergence de la joie et de la paix sont à n'en pas douter un signe divin. Par ce déploiement du cœur, cette espérance nouvelle, la jeune femme ose reconnaître à nouveau que le Christ demeure en elle et c'est avec cette lumière qu'elle va poursuivre la route vers Conques.

Presque tous les pèlerins ont quitté la commanderie, déjà au loin le chant de départ décroît peu à peu. On entend les sabots de l'ânesse. Martin s'est approché, tendrement il prend la main de sa sœur, l'emmène vers le portail.

Elle ne se retourne pas, malgré le pincement au cœur qui lui fait mal. Sur sa nuque, la chaleur du regard de Siméon la retient encore un peu. Mais bientôt, au-delà du tournant, derrière la colline, la bâtisse disparaît et devant, la route s'élargit, on n'est pas au bout du voyage. « Ce fut une merveilleuse halte, se dit-elle. J'ai été comblée, régénérée, il faut me réjouir de ce qui m'a été prodigué et non pleurer ce qui ne sera plus... »

Agnès la réconforte.

– Nous repasserons certainement par ce domaine à notre retour de Conques et vous pourrez revoir Siméon.

– Oui, merci. Mais j'ai déjà reçu l'essentiel et je n'éprouve pas de regrets. Cet éphémère passage de ma vie a été d'une telle force que sa durée n'importe pas. Et puis je suis mariée et j'ai fait vœu de fidélité quoi qu'il arrive…

– Sage Éléonore.

Elle engrange toutes ces choses dans son cœur, laisse l'effervescence peu à peu s'ordonner en une grande paix heureuse. Rien n'est émoussé chez elle, la tristesse était parfois indicible, mais la joie est aussi capable de l'irradier à l'extrême.

# 9

*Est-ce un vertige ou un songe ? Tout autour de moi devient opaque, ma vue se trouble, je cherche à tâtons ma lampe à huile, mais mes jambes se dérobent, tout s'assombrit. Ces longues journées du milieu de l'été ne devraient cependant pas être si avares de lumière...*

*Le malaise se prolonge, mais peu à peu je comprends. Au fond de mon obscurité, des images saisissantes de vous tous émergent et j'ai l'impression de cheminer à vos côtés essayant de traverser un brouillard obsédant.*

*Vous allez, serrés les uns contre les autres, tremblant de froid et de frayeur, persévérant sur ce sentier où les repères disparaissent alors que tout se pétrifie alentour. Dans cette grisaille menaçante, le silence est oppressant, on n'entend que le frottement des sandales, le pas hésitant de l'ânesse et le sinistre croassement des corbeaux. Vous tentez de progresser dans la forêt, mais des formes inquiétantes semblent surgir devant vous tels des fantômes vacillants qui s'approchent, menacent, reculent et disparaissent enfin. Alors que l'angoisse d'être perdus à jamais vous envahit, le courage s'amenuise.*

*Pourtant, après un temps qui semble éternité, un imperceptible tintement traverse l'épaisseur du bois. Il vous faut quelques instants pour réaliser que ce n'est pas une illusion. La cloche de la Dômerie vous appelle et vous guide. Là-bas dans l'Aubrac, des moines charitables vous attendent, fidèles à leur mission. Ils sont le salut de tant de pérégrins, comme vous, fatigués, hébétés de peur et de suppositions.*

*Dans ce refuge si péniblement gagné, vous reprenez espoir. Une lumière tranquille éclaire maintenant le visage d'Éléonore.*

*Pas à pas, dans l'éclat du soleil, sous les averses, ou comme sur ce haut plateau, luttant dans l'angoissant brouillard, elle avance vers son intime révélation, et elle commence à discerner la flamme de son surgissement, certes encore vacillante...*

*Qu'importe, la bougie s'allume dans le noir, elle tremble un peu, mais persiste malgré les souffles invisibles. En tout : rencontres, joies, difficultés et même dangers, elle reconnaît les grâces du chemin.*

*Dans mes années d'errance, j'ai moi aussi été comblée, même dans les moments les plus dramatiques, je le sais, Seigneur, tu étais avec moi. Cependant, les tumultes de mon âme brouillaient souvent ta Présence, il faut parfois tant déblayer pour atteindre le silence intérieur et entendre ton murmure d'amour infini.*

*Ainsi, ce soir encore, est-ce la vision de ce brouillard tenace, ou l'épuisement de ce songe oppressant, la houle triste des jours anciens tente de me submerger, bien malgré moi, des fantômes s'agitent. Il y eut tant de ténèbres à Vermance pour clore ma jeunesse à tout jamais. Pourtant, un jour viendra où le gouffre sera comblé, les souvenirs apaisés, nos fautes pardonnées. Enfin cette longue réclusion nous ouvrira à ton pardon, Seigneur, accueillant dans tes bras miséricordieux Tristan et puis enfin sa fille Mathilde !*

*Mais comme la route jusqu'à Toi me semble longue et imprévisible, escarpée de toutes mes déchirures !*

*Ce soir est voilé de chagrin, les souvenirs obstinés m'assaillent et les images de mon père malade reviennent comme une irrépressible déferlante.*

*Il y avait bien eu quelques signes auxquels je n'avais guère pris garde sur le moment, insouciante et frivole, je n'avais pas vu arriver le danger qui marchait vers nous, comme un lourd guerrier impitoyable.*

*Sa parole était plus hésitante, plus longue à trouver son chemin, son regard était moins vif et il se retranchait peu à peu des événements quotidiens. Puis il y eut ce matin à l'issue de non-retour. Mon père était tombé à la renverse, brusquement, et, affolée, je crus d'abord qu'il avait trépassé. Vinrent alors les convulsions effroyables avant qu'il ne reprenne ses esprits. Cette vision terrifiante ne fut pas la seule, les crises augmentèrent leur fréquence et ne prévenaient pas. Entre deux accès, il restait prostré, perdu dans ses contrées inaccessibles.*

*Ganelon, l'un des valets d'écurie, rôdait, plus sournois que jamais, il épiait les faits et gestes du donjon de son œil aussi aiguisé que malveillant.*

*Des médecins, des mages et des prêtres arrivèrent, précédés de leur vaine notoriété. Leurs propos furent assez confus, la science avait ses limites.*

*N'ayant plus d'autre famille, à vingt ans je dus hisser sur mes épaules la charge de la baronnie et la défendre contre les convoitises voisines. Mon père, de ses yeux tristes, abandonnait la partie, s'éloignait de plus en plus, errait dans une nuit que je ne pouvais atteindre. J'aurais voulu deviner son itinéraire entre les collines de son sommeil et les méandres de l'oubli où il s'enfonçait. Peu à peu, je perdais sa trace sans savoir lui dire adieu. Son visage prenait un aspect rocailleux et tragique comme si toute la douleur du monde s'y était acharnée, son œil ne semblait plus lui appartenir.*

*Ce fut le temps des jours sans grâce, dans le mutisme du ciel et la pesanteur de la terre où je dus vivre sans écho, dans le silence impassible, avancer dans l'ombre, l'horizon dérobé. Et lui, en équilibre sur le fil coupant de son destin, de combien de sursauts n'a-t-il pas souffert ?*

*Je flottais au bord du vide, happée moi aussi par l'autre côté de la vie. Je le perdais, c'était comme un effondrement, une part de moi-même qui s'effaçait à jamais. La douloureuse absence comme une porte refermée sans bruit et tout ce qu'on n'a pas osé dire ou négligemment oublié arrive un rien trop tard. Le cheminement s'est perdu trop tôt et les paroles impossibles ont le goût amer du désespoir sur les lèvres asséchées. Le silence a le poids des regrets, des secrets trop longtemps gardés à jamais enfouis. Mon grand chêne était abattu, à coups de hache répétés, sourds, dans la forêt sombre de notre nuit infinie.*

*Je m'accrochais au menu quotidien comme aux aspérités rassurantes d'une paroi trop lisse, ma main veillait à ne pas lâcher prise un seul instant et parfois une étrange force nous soulevait au-dessus de la misère.*

*Avec lui, à tâtons, je cherchais une issue lumineuse à travers des paroles muettes qui tentaient de murmurer plus d'espoir que l'eau vive. Comment aller à sa rencontre, donner de la douceur à l'arête acérée de la souffrance et du déchirement ? J'essayais de lui distribuer encore des petits bonheurs, les uns à la suite des autres, comme de minuscules cailloux semés sur les sentiers de sa désespérance : les amandes au miel dont il était si friand, un verre d'eau fraîche infusée de quelques feuilles de menthe, ma paume sur son front, l'étincelle d'un sourire ; il me fallait considérer ce temps de la maladie comme encore de la vie à part entière et réveiller quelques joies brèves, tapies dans le malheur, toutes les fois que cela était possible, bénir ces moments oubliés par le poids de la malédiction. Rarement, mais avec quelle fulgurance, alors, s'abolissait la frontière entre malade et bien-portante, la relation s'égalisait dans un répit éphémère.*

*Parfois dans les yeux du vieil homme, au-delà du regard fatigué, un air juvénile, celui du petit garçon docile, sage et doux qu'il avait été. La part d'enfance, toujours là, dans l'espace hésitant de la mort. À la frontière extrême se renouaient les jours et le temps d'une vie, rassemblés autour de l'essentiel inaltéré.*

*Pourtant, lorsque sa parole fut enclose, définitivement, je crus arriver au comble de notre tragédie. Le silence me faisait peur, je le remplissais à coups de bruit, il était le gêneur. Au chevet de cet emmurement, je mesurais mon indigence. Les mots c'est banal, on les lance à tort et à travers, mais lorsqu'ils viennent à manquer, les ponts s'effondrent et l'on se souvient de leur inestimable saveur. J'ai dû apprivoiser ce silence, tellement trop vaste que je ne savais qu'en faire, j'ai tenté de discerner un battement de cils, une ombre qui s'envole, un voile qui ternit la lumière ou un éclat fugitif qui redonne couleur à l'instant. J'ai appris à lire son visage comme une page ouverte à l'écriture difficile, aux aguets d'un signe presque imperceptible au code d'accès laborieux. Souvent, je fus trop lourde pour attraper au vol une expression hâtive et comme je me sentais coupable de buter sur cet écueil !*

*Et puis, pour tordre le cou à notre désespoir, il y eut soudain cette rémission. C'était si inattendu et, comme s'il s'agissait d'un miracle, je rendais grâce pour toutes nos résurrections, le temps semblait basculer du bon côté, je m'accrochais à ce salut inespéré ! Mon père retrouvait, semblait-il, le cours de ses journées, les crises soudaines ne le terrassaient plus, mais il était tellement diminué, condamné dans sa déchéance et son mutisme obsédant, à tant de renoncements. Restait la tristesse dans ses yeux. Insondable. Mais la part bien vivante de moi-même omettait de la voir…*

*Ganelon furetait, propageait la rumeur qui bientôt se mit à courir à travers le domaine. On parla de déraison, de sorcellerie…*

*Mathieu seul restait lucide. Il savait la force de la médisance. Il essaya de la conjurer pour quelque temps et surtout de l'empêcher d'atteindre les fiefs voisins. L'avidité de Foulques le Gris et ses visées sur nos terres n'était un secret pour personne. Le fauconnier mit donc le valet aux fers dans la cave du donjon, espérant contre vents et marées que la massive porte cloutée enfermerait avec lui les menaces et la malédiction.*

*Oh ! cette terrible blessure de ma jeunesse, à la fois si lointaine et si douloureuse encore, qui n'arrive pas à guérir !...*

*Pour casser le défilé de ces sombres images, je reprends mon chapelet de buis. En vain. À cette heure vespérale, où souvent les contours du soir m'enveloppent de paix, aujourd'hui je lutte contre l'impossible. Alors je remets mon âme entre les mains du Père, qu'il soit fait selon sa volonté !*

*Et au creux noir de mon insomnie, il me reste à espérer dans le velours de la nuit d'été, s'élevant en spirales, en vrilles poignantes, le chant du rossignol. La voix prendra son élan dans le vieux chêne et s'écoulera comme une eau limpide qui rafraîchit, désaltère et me purifie de mes anciennes fautes. Au plus secret de l'oiseau, la mélodie intérieure, en résonance avec la profondeur de mon âme, me conduira peut-être, en légère ébriété, aux portes du divin.*

# 10

Après l'austérité de l'Aubrac, le brouillard éprouvant, les pèlerins découvrent un paysage qui s'adoucit. On traverse maintenant une contrée plus riante, moins de forêts, de plateaux désolés, mais une vallée qui s'élargit, accueillante, où l'on voit davantage d'habitations. Ça et là, des vignes remplacent les hêtres et les châtaigniers et, dans les champs dorés par les blés mûrs, les moissonneurs, faucilles à la main, récoltent le fruit de leur labeur.

À gué, on a franchi quelques ruisseaux et Saint-Côme dresse maintenant ses remparts au bout de la voie romaine, bien conservée, qu'ils suivent depuis un certain temps. Ils pénètrent dans la cité par l'une des trois portes fortifiées qui protègent le site d'envahisseurs toujours prêts à en découdre. Au hasard des venelles, ils arrivent à la place du marché où ils peuvent acheter quelques victuailles, pour garnir leurs besaces. Ils vont pourtant se contenter de peu car la marche sur les sentiers de Dieu ne doit jamais être encombrée de superflu.

Après cette flânerie dans la cité, ils redescendent sur la berge. L'Olt est déjà large au pied des murailles. C'est sur sa rive qu'ils se donnent un répit, partagent leur frugal repas, délaissant l'hospice qui jouxte l'église, car l'eau les attire après les fatigues de la marche. Ils en profitent pour laver et faire sécher, sur les roches, leurs habits salis par la poussière de la route et la sueur de l'effort. Beaucoup d'entre eux ne manquent pas de se dévêtir complètement et se baignent avec bonheur dans le flot large et tranquille.

Mais bientôt, dans la campagne avoisinante, on entend un brouhaha qui s'amplifie, les rires joyeux et le bavardage des villageois et aussi, semble-t-il, le cliquetis d'armes qu'on manie avec dextérité. Les pèlerins, curieux, quittent la berge et vont vite se joindre à l'attroupement. À la lisière d'un grand pré, une quintaine bien plantée tient fermement son écu et à l'autre bout de l'aire, deux chevaliers protégés par leur cotte de mailles, leurs jambières et leurs casques de fer chevauchent des destriers vifs, qui piaffent, mors aux dents, dans l'attente du départ.

– Ce sont les fils de Guillaume de Calmont, précise Martin qui est allé se renseigner auprès d'une bergère accorte, filant sa quenouille à l'ombre d'un chêne. Ils s'entraînent pour les combats et les tournois.

Soudain, l'un des barons, lance en avant, pousse sa monture au galop. Un cri de défi semble le propulser à vive allure jusqu'au mannequin de paille qu'il percute à la tête, sans toutefois le briser. Son frère, aussi téméraire que lui, démarre à son tour. Le train des chevaux soulève des mottes de terre mêlée d'herbe et les spectateurs reculent, retenant, pour un court moment, l'échange de commentaires. La joute continue jusqu'à ce que les chevaliers fassent tomber la quintaine et que les naseaux des destriers écument.

Les vassaux sont tenus au service de l'ost et par fidélité à leur suzerain, ils doivent toujours être prêts à prendre les armes.

Une vieille femme, à la peau parcheminée, adossée au tronc d'un arbre, raconte aux pèlerins attentifs que durant sa jeunesse, il y a une vingtaine d'années, le roi Louis VIII, remontant de la croisade contre les Cathares, s'était arrêté ici. Lors de son bref séjour à Saint-Côme, le seigneur Guillaume de Calmont lui avait rendu l'hommage lige, tête nue, un genou à terre, sans épée, ni ceinture, ni éperon, comme cela devait se faire. Peu après, la mort attendait le souverain, non pas sur un champ de bataille, mais dans un lit de fortune quelque part en Auvergne où un funeste flux de ventre l'emporta en quelques jours… Mais les liens féodaux avaient été solennellement resserrés et dans la région, on n'oubliait pas la valeur de cet engagement. C'est pourquoi les prouesses qui visent à déstabiliser la quintaine, cet après-midi paisible, ne sont pas seulement un jeu ; ce sont surtout un entraînement à la guerre ou même à la croisade. Cependant, pour le petit peuple de paysans et d'artisans, auxquels se mêlent les nouveaux venus, ces joutes sont une distraction appréciée.

Agnès, la première, se soucie de reprendre la route, ce n'est pas à Saint-Côme qu'ils doivent dormir, mais à Espalion, il faut donc se remettre en marche.

Martin ne manque pas de saluer une dernière fois la jolie bergère et lui dit adieu de son regard de velours.

Ainsi va le pèlerinage, on prie, on chante, on supplie, on espère, mais on cueille aussi des joies bien terrestres. On rencontre des gens différents qu'on aborde avec plaisir ou curiosité, on échange un service, un bref moment, quelques paroles et puis on repart. Ce brassage d'humanité est fertile et chacun s'enrichit au contact de l'autre.

Éléonore a bien changé depuis son départ, elle ne sait pas encore très bien qui elle est, ce qu'elle veut, où elle va, mais ce qui est sûr, c'est que la force à nouveau l'habite et qu'elle a envie de découvrir les cadeaux que l'avenir lui réserve. La joie n'est peut-être pas aux rendez-vous qu'on espère, mais elle peut surgir dans l'improbable, le déroutant. Siméon a croisé son destin pour le lui rappeler et l'amitié nouvelle d'Agnès et d'Élisabeth, leurs confidences de femmes, sont autant de signes sur le chemin de son éveil.

Sa terne tristesse venait peut-être d'une exigence un peu rigide pour envisager le tracé de son avenir ? Elle comprend à tâtons qu'on ne change ni les événements, ni ses proches, mais que l'on peut sans doute transformer son regard sur ce qui advient.

La cohorte de nouveau s'ébranle, ils suivent la large vallée de l'Olt, bordée de saules et de grands peupliers et, maintenant, bien aguerris à la rudesse de la marche, ils avancent aisément sur ce chemin plat. C'est un enchantement de couleurs, de parfums et, plus vite qu'on ne le pensait, les pérégrins sont à l'octroi du pont par lequel on entre à Espalion. Dans la clarté du jour déclinant, les arches en grès rose se reflètent dans l'eau, la lumière chaude confère au paysage une heureuse sérénité. Le château fortifié sur son piton de basalte domine l'endroit. Entre le donjon et les tours de défense, de longues courtines protègent entièrement la forteresse.

Le péage leur paraît bien cher, mais il n'y a pas moyen de discuter le coût. Il est vrai que les seigneurs de Calmont, qui en reçoivent les bénéfices, ont aussi fait bâtir l'hospice dans lequel les jacquets pourront se reposer cette nuit.

En attendant, la soirée est délicieuse. Les tanneurs finissent de battre les peaux sur les pierres plates et larges qui saillent des murs de leurs ateliers, au niveau de la rivière.

Les marcheurs ont posé les sacs dans le dortoir de l'hôpital et ils se sentent légers et heureux de cette agréable journée. Dans l'église paroissiale, ils vont entendre les vêpres et rendre grâce pour tous les bienfaits reçus.

En sortant, ils sont pris dans le tourbillon d'une farandole. C'est la fête de la moisson dans la campagne aux abords d'Espalion. Une grande table est dressée tout près du pont et un banquet attend les moissonneurs et leurs familles pour clore ce moment de travail éprouvant dans la chaleur et la poussière.

Entre les volailles et les poissons, ou en attendant tourtes et pâtés, des danses s'organisent. Les paysans n'écoutent plus leur fatigue et c'est avec une franche gaîté qu'ils entreprennent caroles, rondes et farandoles. Beaucoup de pèlerins n'hésitent pas à se mêler aux villageois.

Éléonore est assise sur un rocher au bord de l'Olt, cachée dans la pénombre, isolée des autres, elle regarde avidement cette ronde qui tourne, ces mains enlacées, elle est subjuguée par la joie des danseurs et leur complicité. Chacun semble à sa place comme si leur manière d'être, le rôle qu'ils avaient à jouer, étaient d'une simplicité évidente.

Elle a tellement envie d'être invitée aux réjouissances, de ne plus être seulement spectatrice. Mais sa réserve tenace, une fois encore, la maintient à l'écart. Elle voudrait se sentir, elle aussi, maillon de la chaîne, goutte d'eau dans le fleuve, trouver sa raison d'être... Elle voudrait ne plus glisser furtivement sur la vie, effleurer les choses. « Je change un peu, se dit-elle, mais je reviens de tellement loin que mon chemin sera long ! »

« J'ai passé trop de temps à m'adapter à un moule trop étroit, j'ai usé mes forces à cela, à me contraindre toujours au lieu de me laisser porter par la vie. J'étais dans un sillage, étriquée dans le désir de mon époux, sous ce regard que je ressentais comme une perpétuelle menace. J'ai souffert des absences de Me Amaury, comme si c'était une condamnation, un abandon parce que je ne valais rien. J'ai pleuré sur ces heures vides de lui, vides de l'enfant, j'attendais ses retours, guettant tous les bruits de la rue, attentive à l'alerte du chien, le grincement de l'huis, les pas dans l'escalier et le temps passait, perdu. Les années se lassaient de moi dans ce lieu tellement clos. J'ai agrippé ma vie à la sienne, tourné en rond sans trouver de clés pour déverrouiller ma mélancolie.

Il est bien temps que je sorte de ma coquille et c'est le premier enseignement du pèlerinage dont je remercie Dieu, infiniment. Il faut que je m'ouvre au vaste univers, ma résignation était une lâcheté, je vais reprendre ma fierté, sans rancune et sans arrogance certes, mais je vais me restaurer dans le monde des vivants.

Oui, vraiment, je vais donner un coup de pouce au destin, un élan à la roue qui tourne, je ne sais pas encore comment, mais je sais que j'en ai la volonté. Je vais musarder au bord du futur, curieuse, peut-être amusée ou hésitante, mais bien déterminée à retrouver une utilité joyeuse à mon existence. »

Un songe libère des images qui la confortent dans sa résolution. Un vent de liberté s'engouffre en elle par une jointure défaillante à laquelle elle n'avait pas pris garde, c'est comme un soupir sur son rêve, une brise qui lui murmure des possibles. Alors la dormeuse ne se retournera pas pour retrouver sa routine trop tranquille, la brise s'enfle, les volets grincent, se secouent sur leurs gonds trop pesants, la fenêtre s'ouvre brusquement et la vie s'invite. La bourrasque balaie les jours ordinaires et, le pas encore hésitant, elle va sans crainte vers le vertige immense qu'elle pressent devant elle.

Elle semble s'éveiller et c'est à ce moment-là que la ronde s'interrompt. Alors elle sort de l'ombre où elle abritait le personnage dont elle se dépouille peu à peu et, en souriant, s'avance et reforme le maillon manquant. La carole s'ébroue de plus belle, avec tous les autres, elle saute et danse sous les étoiles qui s'allument. Elle a peut-être trouvé sa place, ou du moins poussé la porte qui y conduit.

# 11

La tête inclinée vers la terre du sentier, les mains croisées, les yeux fixés sur ses pensées, ne portant qu'une attention distraite sur les gorges de l'Olt et les paysages riants du Rouergue, Éléonore avance. Son corps souple, bercé par le rythme régulier de ses pas, respire la quiétude.

À la tombée du jour, ils seront enfin à Sainte-Foy de Conques, le bout du voyage, la rencontre ultime. Et cette proximité de l'heure et du lieu imprègne cette dernière marche d'une gravité rare.

Derniers pas, féconds en tout. Même les incertitudes, les doutes, les questionnements, deviennent le terreau fertile où des graines inconnues germent dans l'ombre.

Jamais, au départ, on n'aurait imaginé une telle abondance, amassée au cours de cette quête altérée, à travers les rencontres, la ferveur, les efforts, jamais on n'aurait supposé une telle grâce à la fin du chemin.

Malgré la progression, on est encore dans le temps de l'immobile… Celui de l'attente, mais l'on pressent que quelque chose va irrémédiablement se mettre en route. On est tendu vers le but si longtemps rêvé, vers ces miracles tellement espérés. Profondément recueilli, on n'a nulle envie de bavardage, les futilités ont été chassées, tout ce qui fait obstacle à l'essentiel est resté derrière eux. Ce temps suspendu est celui de l'espérance.

Cela n'a rien à voir avec l'impatience. Il faut donner au contraire tout son poids à l'instant vécu, à ce Présent, coïncidence si rare entre l'éternité de Dieu et la vie fuyante de l'homme.

Éléonore est dans la joie sereine, accordée au temps, le temps parfois de ne servir à rien d'apparent, car il suffit d'être, veilleur, une bougie à la main, dans l'instant calme. Le temps simple, donné, jamais perdu, ce temps mystère dont la plénitude semble échapper si souvent…

Éléonore va, tranquille et assurée, attentive à son âme.

Elle a souvent été repliée dans ses abîmes, mais c'était vers sa tristesse, ses soucis, aujourd'hui, si elle est tournée vers l'intérieur d'elle-même, c'est pour accueillir bien autre chose. Qu'est-ce que cette dilatation nouvelle, cet enthousiasme inconnu ? Qu'est-ce que cet Étranger, pourtant familier qui escalade le tréfonds de son être ?

Elle a l'habitude de l'oraison, de réciter les mots qu'on lui a appris, de converser avec le Dieu du ciel comme on le lui a enseigné, de lui confier son avenir, regretter ses fautes, mais ce matin c'est différent, elle est au-delà du rituel… Elle a l'intuition de cette Présence intime, la conviction qu'un Hôte intérieur, indissoluble d'elle-même, caché jusqu'ici dans ses tumultes vains, a fait son apparition, lorsqu'un pas après l'autre, elle est allée au-devant de Lui, a ouvert sa porte.

Comme la vie est simple et facile quand on met ses pas dans ceux du Seigneur ! Il suffit de saisir les signes et de suivre la trace, de jouer tranquillement sur les cordes du violon divin, d'être l'archet.

Elle s'approche de l'incandescence de Dieu, mais sa prière n'est pas un tête-à-tête à huis clos, son isolement apparent est densité au monde car elle se sent reliée à tous les autres, proches ou lointains avec une étonnante intensité. Des visages apparaissent, vont et viennent, portés par sa méditation et tous sont paisibles, inaltérés par les circonstances ou les hasards de leurs destinées. Il semble que quoi qu'il advienne, chacun recevra courage et force pour traverser ce qui sera octroyé jour après jour.

L'imposante silhouette de Me Amaury est très proche soudain, presque palpable. Elle confie leurs destins, liés par l'anneau nuptial, en faisant promesse d'accepter leur sort sans marchandage avec le ciel. Ce n'est plus l'heure des « donnant donnant », des « et si » suivis de « alors je ferai ». Elle remet totalement et avec joie leur avenir sous la protection du Très-Haut, sachant qu'elle est seulement un dépositaire passager de la volonté divine. Quelle ferveur et quelle sérénité dans cet abandon sans restrictions !

Les yeux bleus de Siméon la contemplent, ses belles mains l'effleurent encore... Mais il n'y a pas de rivalité entre ces deux visages superposés qui la visitent. Le médecin troubadour est aussi un don de Dieu, le baume et l'élan nécessaires à ce tournant de son existence. Il lui fut donné de le rencontrer, le temps bref d'une halte, parce qu'il était celui qui devait lui réapprendre qu'elle était unique pour le

Créateur, comme chaque être. Il avait été cette voix encourageante qui lui avait dit : « Va, avance, ose », alors qu'elle avait si souvent cru entendre : « Freine, ralentis, coupe les ailes de ton envol. »

Au petit matin, ils avaient contemplé la prairie et la diversité des fleurs. Chaque pétale était à lui seul un accomplissement, chaque insecte était un projet de Dieu, l'abeille était liée au nectar... Elle revoit la minutieuse perfection de l'ombelle, c'était une constellation d'infimes pointillés verts et blancs qui se déclinaient en d'infinies nuances, une fine passoire de dentelle d'où s'échappaient des faisceaux de lumière. Chaque fleur était à son endroit, avait sa forme particulière, sa couleur exceptionnelle, sa place privilégiée, son rôle précieux au sein de la nature. Alors Siméon avait simplement cité ce verset : « Je t'ai gravé dans la paume de ma main. » Ainsi, Éléonore était, elle aussi, appelée par son nom, et devait avancer dans son histoire singulière au sein de la Création... Elle était enfant unique, aimée pour elle-même et cela était doux. Comment n'aurait-elle pas eu, elle aussi, un sens, une vocation, une légende personnelle, avec de multiples détours ou lenteurs sans doute, mais avec certitude. Si le plus minuscule pétale n'était semblable à aucun autre, si aucun brin d'herbe n'était identique à un seul de la colline, dans cette profusion incroyablement diversifiée, il y avait une merveilleuse raison d'espérer. Elle sut alors qu'elle était, comme chaque parcelle de l'univers, aussi dérisoire qu'essentielle...

« Les fleurs donnent leur parfum, les arbres de l'ombre et des fruits, les oiseaux chantent et moi, gravée dans la paume de Ta main, aide-moi à discerner ce pourquoi Tu m'as voulue dans cet instant présent, et plus loin devant, quel amour je dois combler et à quel être fragile je pourrai être attentive. »

Et de cet enfant qu'elle espère tant, son sein tressaille. Une infime craquelure, le surgissement d'une source ténue, la vie frissonne, quelque chose frémit en elle.

Elle est bien étonnée quand la clameur extasiée se propage d'un pèlerin à l'autre avec un saisissement indicible. Sainte-Foy ! L'émotion partagée les bouleverse. Conques est là, en contrebas, lovée dans sa coquille de verdure et la basilique élève sa splendeur au milieu du village protégé de ses toits de lauzes. Les uns s'agenouillent, les autres lèvent leurs bras vers le ciel, en signe de louange.

# 12

Élisabeth savait le bleu limpide du ciel à la légèreté de l'air, le gris des nuages à une fine brume sur sa peau, le noir de l'orage à une touffeur soudaine sur sa nuque. Elle savait la fleur par son parfum, le rayon du soleil par sa caresse, la peine ou la joie de l'être aimé par un ton de voix qui s'infléchissait avec un accent particulier. Elle savait l'arrivée de l'automne au murmure nouveau des feuilles, à leurs craquements ténus sous les pas, au silence des hirondelles sur le seuil de leur grande migration.

Au cours de ces années de tâtonnements dans les ténèbres, par ses mains intelligentes, elle avait sauvegardé la mémoire des formes, mais les images s'étaient peu à peu délavées et c'était la vivacité des couleurs qui lui manquait le plus aujourd'hui.

Sa cécité était bonne parfois. Par une sensibilité aiguisée au cours de sa longue obscurité, elle devinait, avant les autres, l'émotion d'un visage ou l'imminence d'un danger. Elle avait une infinie patience pour bercer le nouveau-né dans sa nacelle, accompagner son sommeil d'une chanson douce, répondre à son gazouillis en lui chuchotant des contes qu'elle inventait.

Mais combien de fois au contraire avait-elle dû pâtir de l'incompréhension, de l'indifférence ou de la méchanceté de ceux qu'elle côtoyait ? Que de moqueries des galopins du bourg, lorsque, de son pas mal assuré, elle se cognait au chambranle d'une porte ou à un obstacle insolite ! Et comme souvent elle avait été rabrouée, durement punie, pour un bol renversé ou cassé, parce qu'elle avait mal estimé le rebord de la table...

Il avait fallu s'habituer à l'infirmité, accepter des limites à ses gestes, à ses déplacements, aux services rendus. On l'avait souvent traitée de bonne à rien, de bouche inutile parce qu'elle n'était pas capable d'un travail à part entière. Elle devait se contenter d'écosser pois et fèves au creux de son tablier, parfois avec une lenteur jugée irritante, elle épluchait les panais et les raves, rarement on la laissait touiller la marmite pour empêcher que la soupe ne prenne au fond. Une fois, le liquide bouillant avait débordé et lui avait sévèrement brûlé la main.

Elle avait dû s'adapter à une petite vie, et comme elle devait continuellement compter sur ses proches, s'appuyer à leur bras, poser des questions qui semblaient ingénues, attendre des avertissements, elle avait gardé une part d'enfance, un inaccomplissement de sa personne. Toujours prendre appui, avoir besoin d'un autre, dépendre de son bon vouloir... On la considérait comme une innocente, alors qu'elle avait seulement perdu l'assurance et l'indépendance de sa conduite.

La maladie n'avait pas été fulgurante. Elle avait onze ans lorsque ses yeux devinrent rouges, douloureux, larmoyants, secrétant une humeur purulente. Peu à peu, le voile, d'abord imperceptible sur son regard, s'opacifia, jusqu'à la plonger dans cette irrémédiable nuit. La médecine et les guérisseurs s'étaient montrés perplexes. Les décoctions, remèdes et breuvages n'avaient réussi, au mieux, qu'à calmer l'irritation. Elle dut s'isoler dans sa tour obscure, sans manifester toutefois colère ou révolte. Elle s'était résignée à son sort, non comme à une malchance, mais comme à une décision du ciel qu'elle acceptait sans toutefois la comprendre. Elle pensait pourtant, avec sa bonne humeur innée, que cet état ne serait pas définitif et croyait de toutes ses forces qu'un jour, elle retrouverait la clarté.

Avec quelle ferveur elle avait peiné, lutté, espéré sur l'âpre chemin du pèlerinage ! Comme elle avait souhaité guérir, pouvoir vivre comme les autres, ne plus être maladroite et importune !

Au bras d'Agnès, elle a attendu dans la lente procession, des heures durant, parmi les innombrables pèlerins, debout ou à genoux, qui se pressent dans la nef de l'abbatiale. Mais ce temps n'a pas pesé, tellement elles étaient immergées en Dieu, soutenues par une foi invincible, capable, comme il est dit dans l'Évangile, d'aplanir des montagnes et combler des ravins.

Lorsqu'elles parviennent enfin devant le reliquaire en or, incrusté de pierres précieuses, qui contient le crâne de la jeune martyre, Agnès est saisie, pénétrée par les yeux fixes, immenses et brillants du visage de la statue qui les regardent avec une telle attention. C'est comme s'ils sondaient les suppliants avec une force étrange et communicative. Elle est aimantée, fascinée par ces deux énormes joyaux d'émail bleu marine, qui luisent dans la pénombre du chœur et les transpercent.

Plus que jamais, elles sont sûres que le miracle aura lieu, leur croyance en la sainte thaumaturge est inexpugnable.

C'est alors que toutes deux ont simultanément la vision fugitive d'un ange qui se pose paisiblement sur l'épaule de sainte Foy. Élisabeth serre plus fort la main de sa compagne, ne retient pas la fièvre et le tremblement qui s'emparent d'elle.

– Vous irez demain à l'aube au bord du Dourdou, au pied d'un chêne foudroyé, là où une croix de bois signale l'endroit. Quelqu'un vous y attend...

Après ces mots mystérieux, l'ange disparaît. Les deux femmes, bouleversées, remercient le messager, abasourdies, mais infiniment confiantes en l'événement annoncé pour le lendemain.

Tout le reste du jour et la nuit suivante, elles resteront éveillées, priant sans relâche avec une conviction invincible.

Éléonore et Martin sont encore loin au milieu de la procession. Dans la foule, ils ont perdu de vue leurs amies, mais n'ont cessé de prier pour elles. Ils pressentent que les accomplissements divins dépendent de leur soutien, comme si Dieu avait mystérieusement besoin des hommes, comptait sur leur participation à la marche du monde. Le Tout-Puissant voulait sans doute ses créatures parties prenantes de son œuvre...

« Que sont mes soucis, mes exigences, face à toutes ces blessures ? murmure Éléonore en elle-même. Je vois autour de moi tellement de misères et de fardeaux terribles, j'ai côtoyé tant de malheureux sur les sentiers qui m'ont menée ici qu'il me semble maintenant que mes vœux personnels sont de peu d'importance. Que sont mon amour incertain, la solitude de mon logis qu'aucun rire d'enfant n'égaie, par rapport aux drames effrayants dont m'ont parlé mes compagnons de route. Ma seule requête sera de demander la force d'accepter mon avenir sans vouloir le contorsionner à tout prix, le courage de changer ce qui peut l'être et la sagesse d'être attentive aux signes que Dieu mettra sur ma route. »

Elle est toute proche alors de la recluse, en communion avec elle, comme si à travers l'espace, Mathilde tenait calmement sa main dans le cloître, lui renouvelait les paroles déjà entendues, mais qui n'avaient accompli jusqu'à cette heure que la moitié du chemin dans son esprit. Elle se souvient soudain de cette phrase prononcée lors de l'une de ses visites : « Tu pries pour un enfantement, tu pries pour être aimée d'un homme, tu peux poursuivre, Dieu écoute tes requêtes. Mais surtout il entend l'intervalle silencieux entre tes prières. Souviens-toi que l'important n'est pas de demander, mais d'apprendre à recevoir, de bénir ce qui advient. »

Combien de femmes ont un sort bien pire que le sien, mariées à des époux brutaux qui les battent, les forcent parfois à cohabiter avec leur concubine ? Combien de mères ont eu la douleur de perdre plusieurs fils de longues maladies, d'accidents ou parfois même de misère sous leurs yeux désarmés parce que le pain était trop parcimonieux cet hiver-là ?

Éléonore se sent d'avance comblée, privilégiée et cette façon d'envisager les choses apparaît comme une guérison merveilleuse quand on se souvient avec quel désarroi et quelle fragilité elle appréhendait l'avenir, avant son départ.

# 13

*Le va-et-vient de la lanterne du veilleur est bien surprenant, il s'attarde plus qu'à l'accoutumée... La lumière clignote dans la nuit au rythme des pas de l'homme qui arpente les dalles sonores.*

*Comme tous les soirs, après complies, le frère portier, fanal haut levé dans sa main droite, scrute l'ombre, fait le tour des bâtiments pour s'assurer que tout est en ordre, que rien ne dérangera la paix nocturne.*

*À intervalles réguliers, le hululement de la chouette dans le clocher accompagne le balancement de la lueur qui passe et repasse dans le cloître et dans les allées du jardin. J'ai l'impression qu'on a perdu quelque chose, qu'un événement inhabituel s'est produit...*

*Encore une fois, les pas décroissent et ils s'en vont, par la porte du réfectoire, à travers les autres salles de l'abbaye. L'obscurité reprend toute sa place.*

*Je m'assoupis un peu, mais bientôt dans mon demi-sommeil, j'entends des sanglots d'enfant. Un immense chagrin, à petit bruit retenu, qu'aucune consolation, ici, ne peut atténuer...*

*Le portier repasse devant ma cellule avec le petit Jean. À travers ma grille, je l'ai reconnu dans l'intermittence de la flamme.*

*Il est au monastère depuis un mois. Deux peut-être ? Presque toujours au moment de la récréation, lorsque les enfants chahutent sur la pelouse, je perçois les gémissements du garçonnet, adossé au pilier proche de mon logis. Il ne joue pas avec les autres et cet isolement si désarmé et cette peine enfantine me bouleversent. Une fois j'ai essayé de l'appeler doucement. Il a légèrement bougé, semble-t-il, puis de nouveau s'est rencogné à l'ombre de son abri.*

*Quel âge peut-il avoir ? Cinq ou six ans ?*

*Omarus qui l'a recueilli ne sait presque rien de lui. Il traînait dans la ville depuis quelque temps, maigre, sale, dépenaillé, il mendiait son pain durant le jour, sous les remparts et dormait la nuit, acagnardé entre deux murs, dans une venelle étroite d'où il était régulièrement délogé par les premiers passants du jour.*

*Une vieille femme, prise de pitié, était venue le confier à l'infirmier de l'abbaye, lorsqu'elle l'avait découvert blessé, un matin à l'aube. Il avait sans doute été malmené, roué de coups, battu comme plâtre, car ses jambes saignaient et il avait une vilaine écorchure à la tête.*

*Après l'avoir lavé, rasé, bien soigné, pour quelque temps les moines avaient décidé de le garder.*

*Une quinzaine d'enfants de sept à douze ans égaient le jardin, trois fois par jour, lorsqu'ils ne sont pas au scriptorium pour l'étude.*

*La plupart sont des oblats, confiés à l'abbaye pour toujours, afin d'assurer le salut éternel de leur famille. Je suppose que parmi tous ces enfants offerts par leurs parents et dont on renouvelle la consécration chaque matin avec le pain et le vin de l'eucharistie, plusieurs ont échoué là parce qu'ils étaient de trop dans la maisonnée, pour une raison ou l'autre. Pour quelques deniers, on les a parfois vendus. Ils seront pour toujours abandonnés des leurs, voués à Dieu, ne retourneront jamais dans leur foyer.*

*Pour d'autres, cela est une grande chance, la promesse d'un destin bien différent de celui qu'ils auraient connu s'ils étaient restés dans le monde. À l'abbaye de Saint-Denis, un oblat célèbre, Suger, avait été l'ami d'enfance de Louis VI, puis le conseiller de son fils Louis VII. Il avait échappé à sa condition de serf et, en gravissant toutes les marches de son état, il avait eu l'occasion de participer grandement à l'administration du royaume de France.*

*À côté des oblats, quelques élèves sont là pour suivre, sous la férule sévère de maître Maïeul, l'enseignement dispensé par l'école claustrale qui, jusqu'à une date encore récente, était l'un des seuls établissements de Lyon à transmettre son savoir. Il est vrai que maintenant, depuis la rénovation de la manécanterie et parce que le troisième concile de Latran, à la fin du siècle passé, avait prévu la fondation d'une école gratuite à proximité de chaque cathédrale, les parents envoient plus volontiers les élèves vers les chanoines.*

*Le petit Jean n'est ni un oblat, ni vraiment un pensionnaire. On a tant bien que mal essayé de l'intégrer à la classe, mais le résultat n'est pas fameux.*

*Vu sa santé précaire et son très jeune âge, un régime de faveur lui est dispensé. Exceptionnellement, il a le droit de dormir près de la chaufferie, de se lever une heure plus tard et reçoit tous les matins un bol de lait avec le gruau d'avoine, commun à tous.*

*Chaque samedi, on ajoute un seau d'eau chaude dans le cuvier de son bain afin qu'il ne prenne pas froid. Malgré cela il dépérit, s'isole, aurait subi les tracasseries des autres, si le maître ne menaçait de fouet quiconque oserait lever la main sur lui.*

*Ce soir encore, la petite silhouette gracile que j'ai vue, poussée sans trop de ménagements par le portier qui l'avait cherché longtemps, me remplit de pitié. Dans quel endroit avait-il été cacher son désarroi ? Avait-il tenté de fuir à la faveur de la nuit sans lune ? De quelle absence son chagrin était-il peuplé ? Quelle mère pleurait-il si tristement ?*

*Petit pantin poignant… Je n'ai jamais vu tes yeux, mais j'ai entendu le bruit discret de tes larmes qui jaillissaient comme d'une source intarissable. Mon imagination rôde autour de ton histoire. De quelles blessures multiples es-tu atteint et comment pourras-tu, un jour, guérir et retrouver le bonheur de vivre, l'insouciance de ceux de ton âge, le rire spontané qui aurait dû être ton lot ?*

*Ce soir, je suis terriblement remuée par ta fragile existence et surtout l'impasse dans laquelle elle semble s'être fourvoyée. Longtemps mes pensées t'escortent, cherchent une issue au désespoir qui te fait dépérir, si proche de moi.*

*C'est alors que derrière la silhouette menue, prostrée dans l'allée du cloître, je vois s'avancer une jeune femme à la tunique bleue. Peu à peu son visage s'éclaire dans l'ombre, merveilleusement doux, illuminé d'un sourire paisible. Elle s'approche lentement, prend la main de l'enfant pour le relever, caresse sa joue, essuie ses larmes.*

*Et le petit la suit...*

*La cloche des vigiles me réveille...*

*Surgissement lumineux dans mon esprit apaisé : Éléonore viendra chercher Jean...*

*L'abbé Omarus, qui réfléchit en vain à une solution, sera d'accord. La place de ce petit n'est pas à l'abbaye...*

# 14

Après le pont de pierre, Élisabeth et Agnès suivent la berge vers l'aval, cherchant l'arbre et la croix. Un rouge-gorge les devance, sautant de branche en branche, tournant sa petite tête vers elles, comme pour s'assurer qu'elles suivent bien…

Dans le lointain, un homme âgé vient à leur rencontre. Son visage encadré de longs cheveux gris est ouvert et rassurant. C'est peut-être un franciscain qui pour quelque temps vit là en ermite, car il est vêtu d'un froc gris bien usé, noué par la cordelière. Sa silhouette voûtée s'appuie sur un bâton. Il s'arrête devant le chêne foudroyé, au bord de l'eau calme dont les reflets ondoyants passent du vert profond à l'émeraude.

Élisabeth marche la première, avec grande confiance, les deux bras en avant jusqu'à ce qu'elle touche le vêtement du religieux. Elle s'agenouille alors devant lui, la tête levée, suppliante.

Il pose ses deux mains sur les épaules de l'infirme en disant :

– Seigneur, que ta volonté soit faite par l'intercession de sainte Foy, donne-moi la force d'accomplir ton œuvre. Que mes mains soient tes mains…

La pression s'accentue sur le dos d'Élisabeth qui ressent une grande chaleur dans tout son corps et un fourmillement de la tête aux pieds.

Sur le front du moine perlent des gouttes de sueur et bientôt une pâleur décolore ses joues. Il semble vidé de toute son énergie.

Sans cesser de murmurer ses invocations, il mélange ensuite sa salive avec un peu de terre noire et brillante qui se trouve au pied de la croix et l'applique sur les yeux morts. Longtemps, il laisse sa main droite posée doucement sur le visage éteint.

Les deux femmes n'ont plus conscience, ni du temps ni du paysage, bien qu'éveillées, elles sont dans un état second.

C'est lorsqu'il lave délicatement son visage à l'eau limpide de la rivière qu'Élisabeth semble reprendre ses esprits. Un peu chancelante, elle fait quelques pas sur la berge, tourne la tête lentement de tous côtés.

– Dans quelle forêt suis-je ? Il y a de nombreux arbres, des grands et des petits, de l'eau…

Elle touche de nouveau le scapulaire. Son regard est dessillé, les ténèbres s'entrouvrent sur une pâle lumière et même si elle ne voit que des formes imprécises, elle est extasiée de ce peu qui lui est redonné.

– Va, jeune fille, ta foi t'a sauvée, ajoute l'anachorète avec conviction, l'enveloppant de son regard paisible avant de rejoindre sa hutte de branchage.

Les deux amies tentent de le suivre pour le remercier, mais il se retourne, fait un geste d'adieu en levant le bras et dit avec assurance :

– Je ne suis que l'instrument divin. Continuez votre route en louant Dieu pour ses bienfaits et en le servant de votre mieux jour après jour.

Dans les ruelles qui remontent au village, Élisabeth, n'osant pas encore lâcher la main de sa compagne, est bien étonnée de tout ce qu'elle commence à discerner : les rebords de pierre qui jalonnent la route, le mauve ou le carmin des roses trémières contre les murs ensoleillés, les pavés qui pourraient la faire trébucher. Bientôt, certes encore vaguement, elle aperçoit la porte fortifiée, puis, tout en haut, la masse imposante de la basilique et sur le parvis, les silhouettes un peu floues de nombreux pèlerins.

Toutes les têtes sont levées vers le tympan, les yeux agrandis de stupeur, d'effroi ou d'émerveillement, selon qu'ils regardent l'enfer ou le paradis autour du Christ en majesté.

Un religieux, de sa voix tonitruante, commente les images saisissantes.

– Ô pêcheurs, si vous ne changez pas votre vie, sachez qu'un jugement dur vous attend !

Martin est effrayé, parcouru de frissons, il est bien décidé à se repentir. Quelques scènes de ses nombreuses frasques s'imposent à son esprit. La belle ribaude des étuves, à la chevelure flamboyante et à la peau laiteuse, parsemée de taches de rousseur, toutes les filles légères et faciles qu'il a tenues dans ses bras et jusqu'à cette bergère enjouée qu'il a eu le temps de caresser à Saint-Côme, entre deux oraisons… Et la petite Coline, si jeune encore, mais si amoureuse…

– Si je continue ainsi à séduire toutes les bonnes fortunes qui passent à ma portée, je finirai comme ce malheureux damné, poussé par un diable avec une fourche ou un merlin, dans la gueule du terrible monstre.

Cependant, il se connaît bien et n'est pas tellement sûr qu'à long terme, ses résolutions ne s'envoleront pas. La vie est si joyeuse et si frivole, elle ressemble si souvent à un jardin d'Éden qu'elle chasse bien vite les visions infernales. À l'heure dernière, le temps d'une confession remettra sa conscience en ordre, la mort subite serait une malchance à laquelle il ne veut pas songer...

Le regard neuf d'Élisabeth s'est posé avec une infinie reconnaissance sur la petite martyre qui l'a sortie de la nuit. Elle n'arrive pas à écouter le prédicateur, elle ne peut et ne veut que se servir de ses yeux, encore et encore. Elle n'est que louange face à toutes ces statues de pierre dont l'ocre chaud lui est révélé dans toutes ses nuances. Enfin la lumière, enfin les couleurs ! Et la beauté du monde sous un ciel magnifiquement bleu est un éblouissement.

Après son long discours, le prêcheur va s'asseoir sur une borne à quelques toises du tympan. Il ouvre un livre sur ses genoux et attend le silence de ses auditeurs. Les pèlerins ont du mal à se dessaisir de l'iconographie de pierre, fortement impressionnés par ce qui vient de leur être enseigné.

– Livre des miracles de sainte Foy transcrit par Bernard d'Angers, annonce cérémonieusement l'orateur.

Le ton est ferme, la voix claire, le débit régulier... Tous les jacquets, ébaubis, écoutent les prodiges énumérés avec moult détails.

Un parchemin, des lettres, des yeux pour lire... Éléonore non seulement est extasiée par les merveilles racontées, mais surtout, elle prend soudain conscience de la magie que peut être la lecture. On tourne des pages et des voyages fabuleux, des phénomènes extraordinaires prennent vie comme si l'on était soi-même le personnage dont il est question. Pour elle qui sait seulement reconnaître, et encore avec peine, les caractères de son nom, cette expérience est inimaginable.

– Comme j'aimerais savoir lire, murmure-t-elle à l'oreille d'Agnès, pouvoir donner un sens à tous ces petits signes mystérieux, dessinés à l'encre sur le vélin. À combien de rêves, de destins insolites peut-on accéder ? Et puis cette incantation de la voix, ces mots qui résonnent comme une musique tantôt douce, tantôt violente, comme c'est beau...

Agnès a cessé, pour un court moment, son écoute attentive et, avec un élan d'amitié, elle lui chuchote.

– Je pourrai vous apprendre peut-être... Quand nous serons de retour à Lyon.

Leur aparté s'arrête là. Éléonore a du mal à redevenir vigilante à l'histoire, mais son cœur est gonflé de ce projet merveilleux que lui propose avec tant de simplicité sa compagne.

« Alors moi aussi je pourrai un jour avoir la clé de ce savoir. Fini mon confinement, envolées mes tristesses, absorbés mes soucis, grâce à ces petites lettres que je vais apprivoiser. »

Les projets donnent un vaste élan à l'existence. Tout à coup elle a l'impression de faire un bond en avant, ses jours futurs prennent une consistance bien plus vivante, plus enthousiaste.

Passe alors devant elle un petit garçon apeuré. Dans la foule, il a perdu ses parents. Il reste là, inquiet, cherchant de tous côtés. Il paraît si vulnérable.

Éléonore s'approche pour le rassurer. Il ne faut pas très longtemps pour qu'elle retrouve la mère de l'enfant, éloignée seulement de quelques coudées par la presse alentour. Il se jette dans ses bras, s'y blottit, se laisse consoler doucement.

La jeune femme est vivement soulagée et remercie chaleureusement.

Elle ne saura jamais à quel point ces retrouvailles tendres ont bouleversé Éléonore. C'est comme une prémonition. Elle se dit bizarrement et contre toute vraisemblance qu'un enfant l'espère, elle aussi, quelque part…

# 15

Mais où est donc passée la petite clé ?

Éléonore et Marion ont rangé le contenu des sacs de voyage que l'ânesse a vaillamment acheminés durant le retour de Conques, elles ont cherché partout, fouillé les recoins, examiné les replis du linge, mais la clé reste introuvable…

Sur le coffre en chêne, Éléonore, riche de tous ses souvenirs, pose soigneusement la coquille jacquaire, la fiole d'eau miraculeuse, puisée dans le Dourdou juste avant le départ, la statuette que l'imagier lui a donnée ce soir béni où elle a rassuré l'enfant perdu, la pierre ronde qu'elle a ramassée près du ruisseau de la commanderie. Le caillou lisse a roulé bien souvent entre ses doigts, apaisant, réconfortant, il reste là comme le témoin d'une joie si profonde et intense, ce clair matin au bord de la Virlange. Il y avait eu une telle adéquation entre le monde et elle, une harmonie si parfaite de tout son être, elle s'était sentie si ajustée à l'instant fugitif et à sa destinée…

Son bourdon, tendrement usé à l'endroit tenu par sa main, est posé près de la fenêtre. Il reste là, comme un ami de ce long pèlerinage qui l'a révélée à elle-même et l'a conduite bien au-delà de ce qu'elle supposait au départ.

La marche est un art sacré qu'elle n'a cessé de comprendre, une sorte de tissage entre ses pas, entre le mouvement de son corps et son âme, entre sa fatigue et ses murmures à Dieu, entre elle et ses compagnons de route. Tout va ensemble, fait d'une même étoffe dont la trame entrelace la terre et le pied, le chant du vent et celui de l'oiseau, l'air et le songe, le visible et l'invisible.

Mais impossible d'ouvrir le coffret... Elle a retourné plusieurs fois ses vêtements, sa besace et les sacs eux-mêmes, rien...

Comme l'avait prévu Agnès, ils étaient repassés par la commanderie et, mon Dieu, avec quelle cavalcade son cœur s'était-il emballé à mesure que l'on approchait de ce lieu qui devait marquer à jamais son existence !

Avait-elle été déçue ou étrangement sereine et confiante lorsque le chevalier lui avait fait part de l'absence de Siméon ?

Ce fut d'abord une douleur vrillée dans sa poitrine, une inversion inattendue dans tout son être, comme une nuit improbable après l'aurore, un voile sombre, imprévisible qui avait recouvert son regard et ses pensées. Quelques instants, elle était demeurée figée dans l'incrédulité, stupéfaite et puis ce fut de nouveau comme une lumière d'autant plus vive. Ainsi la pureté du souvenir demeurait dans son éclat de cristal, aucun parasite ne viendrait ternir l'intensité de ce qui avait été.

Siméon avait laissé pour elle ce petit coffre incrusté de nacre. Le templier le lui avait remis et l'avait ouvert devant elle. Une croix d'argent passée dans une chaînette était posée sur la lettre...

Elle ne put que balbutier un remerciement qui n'était pas à la mesure du cadeau qu'elle recevait. Comment aurait-elle pu lui dire que cette attention dépassait tout ce qu'elle espérait, qu'ainsi Siméon l'accompagnerait dans tous ses cheminements intérieurs pour l'aider à accomplir le meilleur d'elle-même. Elle n'oublierait plus de vivre, elle irait vers sa vérité sans s'inquiéter d'être une image conforme à ce que les autres voulaient bien faire d'elle. Enfin elle atteindrait l'autre face du miroir, elle trouverait le courage d'assumer son destin. Sa honte de femme stérile, ses craintes de ne pas pouvoir donner une descendance à M^e^ Amaury, ses jours passés dans l'ombre, recroquevillée sur elle-même, freinant toute joie, tout cela était définitivement révolu. Au long des chemins escarpés, elle avait laissé ces lambeaux tristes qui figeaient tout germe d'enthousiasme et la petite croix d'argent serait dans les moments de doute un rappel infiniment vivifiant.

Le fin rouleau ne lui fut pas dévoilé par le religieux... La lettre était restée muette... Éléonore n'avait pas voulu que quelqu'un, si proche soit-il, lui fît lecture de ce qui était écrit. Elle s'était promis d'apprendre très vite à déchiffrer pour enfin, par elle-même, découvrir l'inscription enfermée dans le coffret.

Mais ce matin, la clé reste introuvable... Le message mystérieux referme son énigme un peu plus étroitement encore. Elle ne violera pas la serrure, elle attendra que Dieu lui redonne la clé car elle sait que tout est signe et volonté divine, dans laquelle elle doit fidèlement inscrire la sienne. Elle n'est pas prête encore, elle doit compter sur les leçons de son amie pour apprivoiser les mots...

Elle est calme, imperméable à cette contrariété, tout est grâce quand elle descend sur le seuil de son jardin.

La voici revenue dans ce coin de terre adoucie par ses soins attentifs, maintenant elle va transformer en miel tout ce qu'elle a butiné au cours de ce périple si plein d'émotions, de beauté, de fraternité, de révélations intimes. Tout va se décanter tranquillement dans son cœur pour recréer une alchimie subtile et de suaves accords.

La lumière d'octobre est douce, dorée déjà. Avant l'éblouissement des feuillages, un changement d'éclat à peine perceptible l'atteint de son charme, elle retrouve comme des retours bienfaisants les parfums, les odeurs de flétrissures et de fumée, l'automne chaleureux, l'abondance de cette saison et sa grande paix. Les sens en alerte, elle prend le temps de regarder, entendre, sentir, elle a l'air de ne rien faire, mais elle se laisse aimer, pénétrer par le monde alentour. Elle veille sur l'ouverture patiente des corolles tardives, curieuse de saisir toutes les nuances à naître encore, les hésitations frémissantes entre le jaune pâle et le blanc, l'écru et le rose poudré. Dieu a inventé les couleurs pour la joie et les fleurs pour la louange...

Une brume légère enveloppe le matin d'une douceur sereine, les rouges-gorges sont là dans la constance d'octobre, leur chant perlé habite le jardin déclinant.

Son retour à elle s'inscrit dans la ronde des jours, le cours paisible du temps et les multiples fidélités de son enclos consolident sa confiance en l'avenir.

# 16

*Ainsi donc tu as égaré la petite clé... Surprenante omission ! Nos gestes sont bien souvent signifiants.*

*Te souviens-tu des dernières pages de l'évangile de Jean, lorsque les disciples sont si tristes après la mort du Christ : « Le soir... les portes étant closes, là où se trouvaient les disciples, Jésus vint et se tint au milieu d'eux. »*

*C'est peut-être parce que Dieu passe par les portes verrouillées que la serrure reste inaccessible... Lui seul choisit le moment où Il nous rend sa Présence évidente et nous offre ses paroles de vie. Il te faut sans doute encore un peu de temps pour ouvrir pleinement ton cœur au message du coffret.*

*Tu es venue partager avec moi les récentes impressions de ton retour. Comme ton trajet en barque sur la Saône a été différent de celui que tu avais fait lorsque tu étais venue me confier ta solitude et tes peurs des jours à venir, il y a six mois de cela ! C'est une Éléonore joyeuse, forte et pleine d'espérance qui est arrivée dans le cloître. Frère Luc, malgré son grand âge et sa quasi-cécité, a remarqué ce bouleversement lorsqu'il t'a accompagnée jusqu'à la grille de ma cellule.*

*Je bénis ta visite comme une occasion de discerner ce qui se cache encore sous tant d'émois aux nuances parfois floues. Longuement, je te laisse raconter tant et tant de choses, mais j'entends beaucoup autour de tes paroles. Il n'en finit pas, ton chemin, il est en toi, tu es en lui.*

*Le pèlerinage s'est achevé, mais ce n'est pas un passage de ta vie clos sur lui-même, c'est au contraire une porte qui s'ouvre.*

*À travers les nombreuses rencontres et surtout le rayonnement de Siméon, c'est Dieu qui t'emmène, avec un amour patient, vers ta vérité. Le regard, les mots de quelqu'un qui aime comme le Christ peuvent réaliser des miracles pour la restauration d'un être blessé, comme tu l'étais. Dieu a besoin des hommes et c'est à travers cette amitié qu'Il a remis la vie dans ta maison désertée parce qu'Il est le Maître de la vie.*

*Pour que tu guérisses, Siméon t'a aidée à laisser Jésus descendre en toi, dans ton labyrinthe. Là où tu avais mal, tu es descendue avec le Seigneur, Il a fait son œuvre en toi, renouvelant ainsi sa Pâque et te rénovant par une multitude de résurrections au fil des jours.*

*Ton visage enfin consent aux regards qui te pénètrent et tu es prête à sonder sans ciller les obscurités que tu refusais, mais sois vigilante, Éléonore, que serait une guérison qui ne se soucierait pas de rencontrer encore et encore Celui qui en est la source ?*

*Dans l'événement, surtout lorsqu'il contrarie ou accable, tu as accepté de voir une annonciation et tu t'es laissée élargir par l'inattendu, le déroutant. Tu as eu faim et la faim s'est faite nourriture, tu as eu soif et le sentier t'a conduite au puits où t'abreuver sans fin. Pour tout cela, demeure dans la louange.*

*Derrière tes yeux clos et ton air recueilli, je perçois que le souvenir de ta route accède peu à peu à une profondeur inégalée. La guérison est rarement immédiate et définitive, elle est avant tout un état de croissance. Plutôt que la perfection, il te faudra chercher le mûrissement, l'accomplissement, la fécondité. La quête de perfection est fatalement recherche de soi-même, c'est une démarche de possession alors que tu devras rester dans l'acquiescement et l'abandon.*

*Je te sens prête à recevoir le plus merveilleux don de la Vie.*

*Je t'avais dit, avant le départ, que Dieu écoutait tes suppliques, mais surtout l'intervalle silencieux entre tes demandes. Aujourd'hui, j'ajoute qu'il ne refuse jamais sa grâce à une âme sincère et aimante. Son temps n'est pas le nôtre et ses accomplissements suivent des voies qui nous restent mystérieuses, mais Il répond toujours à qui sait l'entendre et le reconnaître.*

*Tu souhaitais avec une ardeur douloureuse que le berceau préparé depuis si longtemps dans la tendresse de ton cœur accueille l'enfant de tes rêves. Maintenant c'est l'enfant d'une autre et de la misère, pétri de réel, sorti des images convenues, que tu vas pouvoir serrer dans tes bras. Il t'aura fallu des arpents et des arpents de chemin pour aimer à sa généreuse mesure ce petit Jean dont les quelques années de vie sont déjà si chaotiques.*

*Votre avenir est tracé dans la lumière de ce présent.*

# 17

« Oh ! comme je sais la valeur de la vie enfin éclose, et comme cet enfant m'apparaît encore et encore comme un miracle inespéré ! » pense la jeune femme avec une infinie gratitude.

Tout s'était bousculé à son retour, le temps avait soudain pris un élan surprenant, l'entraînant dans un tourbillon si léger qu'elle ne touchait plus terre.

Cette fois, la recluse attendait sa visite avec une fébrilité inhabituelle. D'avance elle savait, par son don visionnaire, l'essentiel du pèlerinage, les rencontres marquantes, Siméon, les espoirs, les dangers, mais aussi la nouvelle force qui habitait Éléonore. Elle n'était plus cet être fragile, accroché à d'autres destins que le sien, pour survivre tant bien que mal. Même sa silhouette avait changé, plus droite, mieux ancrée entre terre et ciel, affermie. Elle était comme déployée, ouverte, prête à accueillir de nouveau le flux de vie, à risquer de miser contre vents et marées sur un futur gagnant.

Mathilde l'avait aidée à rendre grâce pour toutes ses guérisons et l'avait appelée à la vigilance pour que le pèlerinage ne s'arrête pas avec la fin du chemin. Cette rencontre avait apaisé les sentiments contradictoires qui allaient et venaient en elle comme des vagues douces, mais tourbillonnantes, l'empêchant de se recentrer sur l'essentiel. Il avait d'abord fallu consentir pleinement et sans réserve à la volonté de Dieu, être dans la confiance totale avant que le miracle de l'enfant ne lui fût accordé par surcroît.

Et de femme longtemps blessée, presque guérie, elle devint mère…

Que dire de l'émoi qui s'empara de tout son être lorsqu'elle serra le petit Jean dans ses bras ! Et quel bonheur lorsque l'enfant, pourtant si craintif, trouva là quelques instants d'apaisement !

Le temps était venu pour eux deux de s'en aller, main dans la main, bâtir un nouvel avenir…

Éléonore cueille une pomme sur les fruitiers en espalier. Avec son couteau de jardinage, elle la coupe en quartiers qu'elle pèle avec soin.

La genette lovée à ses pieds, l'enfant est accroupi près du bassin, la tête inclinée vers le sol, il dessine avec son doigt d'étranges arabesques dans la terre sableuse.

La jeune femme s'approche lentement pour ne pas l'effaroucher ; elle a l'impression qu'il peut, comme un oiseau inquiet, s'envoler à tout instant d'une cage qui n'est pas encore la sienne. Il faudra de longues heures pour l'apprivoiser, entendre les premiers mots qu'il prononcera, capter enfin son regard fuyant.

Depuis deux jours, la maison n'est plus la même. Cette présence si discrète la remplit, on n'a d'attention que pour l'orphelin qui vient d'arriver.

« Trop peut-être », se dit Éléonore, il faut lui laisser le temps de trouver ses nouveaux repères, il devra peu à peu m'adopter moi aussi, et mon amour ne doit pas le submerger.

Elle s'agenouille à côté de lui et lui tend le morceau de fruit. Sans la regarder, il saisit vivement la nourriture et la mange avec avidité. Longtemps elle demeure ainsi, à le contempler sans bouger. Elle mesure ses gestes, économise ses mouvements, devinant que la moindre brusquerie le déstabilisera.

Mais soudain, la genette, offerte au soleil, fait une drôle de cabriole avant d'aller gratter son museau contre le pied du petit Jean. Il est surpris, amusé. C'est alors qu'il donne à la jeune mère son premier rire...

Combien de joies semées, les unes après les autres dans le terreau de sa mémoire vigilante, pourra-t-elle ainsi engranger ?

Une immense allégresse rayonne dans son âme.

Elle se rapproche, encore un peu, ouvre ses mains, attire très doucement l'enfant contre elle. Son corps arc-bouté se fait berceau où il se niche enfin. Sa robe entre ses cuisses séparées devient vallée ronde, et ses bras comme des rivières caressent la silhouette menue, accueillent le poids douloureux d'un passé meurtri, et sa tête s'incline comme une immense fleur, et son buste se penche comme un arbre protecteur. Une paix venue du fond des âges longuement s'installe entre eux, parcourt leurs veines.

Du plus profond d'elle-même, une incantation s'élève :

« Mon enfant, mon espérance, mon royaume, je cueillerai pour toi des bouquets de roses jusque dans le gris de décembre et j'enlèverai une à une toutes les épines pour t'offrir seulement la tendresse des couleurs. Mais je n'oublierai pas de te donner aussi le bouclier du courage qui te rendra capable de tout affronter. »

Elle veille longtemps le petit Jean qui s'abandonne peu à peu, elle a le sentiment limpide de son existence éphémère qui s'inscrit pourtant dans l'éternité.

« Personne ne peut donner la Vie, on peut la transmettre, tout au plus. La Vie, on la reçoit de Dieu qui est au commencement de tout. »

Elle sourit et murmure : « Non, je ne t'ai pas donné le jour, mais je te mettrai au monde… » Avec ferveur, elle fait promesse d'être pleinement attentive à ce jaillissement nouveau, à toutes ces étincelles qu'elle alimentera comme un feu.

Et les larmes coulent… Elle a enfin pitié de son ventre aride, elle consent à lui pardonner toutes ses déceptions, et réconciliée avec son ombre, elle retrouve une harmonie oubliée depuis longtemps.

L'enfant est là, don magnifié par toutes ses traversées obscures.

# 18

La flambée dans la cheminée fait presque oublier les rafales de vent qui mugissent au-dehors en ces premiers jours de novembre. La bourrasque s'acharne, tente de forcer le passage et de s'infiltrer dans les jointures défaillantes de l'huis jusqu'à la douceur de la chambre. La pluie froide bat contre les portes, tambourine sur l'avant-toit avant d'aller s'écraser sur le gravier des allées. Une branche morte gémit, cogne sa ramure dénudée contre le tronc du tilleul. Le vent fait grand vacarme autour de la maison et le logis semble d'autant plus douillet et accueillant.

« L'été est déjà loin », se dit Éléonore, alors que des images du pèlerinage ressurgissent au gré des flammes vives dans le calme de cette veillée paisible. La vie a repris son cours tranquille, mais tellement plus pleine et plus heureuse que l'hiver dernier, l'ombre de la mélancolie n'est plus qu'un nuage effiloché en des jours qui semblent à peine lui appartenir encore.

« Comme on est bien près de ce feu », murmure-t-elle en caressant les cheveux de l'enfant endormi sur ses genoux. Une boucle soyeuse frémit sur sa joue à chaque respiration et Éléonore ne cesse de s'émerveiller de cette vie fragile qui lui a été confiée. Elle retarde le moment de le porter dans son lit. Cette intimité heureuse, l'abandon confiant de Jean entre ses bras, cette illusion de pouvoir le protéger de toutes les vicissitudes de l'avenir sont si intenses qu'elle se refuse à faire le moindre geste qui pourrait bousculer cette merveilleuse harmonie. Le temps semble s'être arrêté dans cette paix profonde.

« À quoi peut-il songer ? », se demande-t-elle et l'espace entre ses propres pensées et celle du petit semble tout à coup infranchissable. Elle reste au seuil d'un secret et voudrait soudain se faire voleuse de rêves, resserrer encore le lien maternel qu'elle a si longtemps espéré.

Le soupir est si menu, le sommeil si profond, au cœur de cette nuit, rien ne peut briser cette fragile plénitude, rien ne peut les atteindre et elle grave en elle tous ces instants de bonheur, tissés encore des milliers de joies semées depuis qu'il est arrivé dans la maison. Elle réalise que cette vigilance attendrie sera désormais sa mission essentielle.

Le silence a la légèreté de l'enfant endormi et ne ressemble en rien à celui des veillées d'antan, si solitaires et plombées d'oppressante angoisse. Enfin, la demeure est vivante, ouverte sur des va-et-vient, des rires, des jeux, elle respire entre jardin et murs clos comme un grand cœur qui bat, un halètement chaud qui anime les pierres avec un rythme allègre et sans contrainte, une liberté des jours, une insouciance des heures.

Et ce petit être assoupi là au creux de ses bras, qui noie son visage dans la courbe de son épaule, c'est la plus belle raison d'espérer, de croire à l'amour humain, comme à la beauté, antidote au mal, à la violence, à la peur de l'avenir. Rien ni personne ne la rendra plus heureuse que ce corps d'enfant blotti avec confiance, ces instants dérobés à la nuit. Leurs souffles sont à l'unisson, le contact de leurs peaux soyeuses est don partagé d'une caresse inconnue jusqu'alors, venue d'obscurs lointains et quelque chose de chaud et précieux, que l'un et l'autre n'osaient pas soupçonner, circule dans leurs veines.

Le feu crépite et des gerbes d'étincelles dansent dans l'âtre, raniment les rêves et font vagabonder les pensées vers ceux qui lui sont chers et qui sont éloignés.

Quelque part dans l'ombre, elle se sent mystérieusement accompagnée par celle qui a donné le jour au petit Jean. « Est-elle encore de ce monde ? » se demande-t-elle et, mentalement, elle la remercie de cette bénédiction qu'elle lui a transmise et prie de tout son cœur pour adoucir son destin.

Le chanoine Fulbert avait apporté il y a quelques jours des nouvelles de l'expédition chez les Tatars. Le frère Jean de Plan Carpin avait envoyé une longue missive décrivant leurs rudes tribulations à travers la Germanie, puis les contrées slaves. Ils avaient été bien accueillis par le roi de Bohême, Venceslas le Borgne, qui leur avait conseillé de poursuivre par le pays des lekhes puis la Russie. Le souverain de Bohême, homme sage et avisé, avait réussi à repousser pour quelque temps les avancées de la horde, mais on mesurait l'étendue du fléau en traversant des villages détruits, des populations apeurées, des réfugiés comans, hongrois, moraves. Mais aucun détail, pourtant, ne permettait d'imaginer vraiment la situation des voyageurs. Rien de précis sur M^e^ Amaury, une chose seule était certaine : il ne serait pas de retour avant la fin de l'année.

Éléonore, étrangement, n'éprouve pas une inquiétude démesurée pour cet homme auquel elle est liée depuis sept ans, il s'est tiré de tant de situations périlleuses ou difficiles au cours de ses nombreux périples… Elle est même presque soulagée du retard pris, et ose à peine s'avouer qu'ainsi, le cocon protecteur qu'elle forme avec l'enfant ne risque pas d'être brisé. Elle chasse l'idée désagréable que son époux pourrait prendre ombrage de cette adoption car Jean n'est pas de son lignage… Mais elle se sent prête à sortir bec et ongles pour défendre ce bonheur qui lui a enfin été accordé, elle sera assez forte pour convaincre son mari coûte que coûte.

Jean, comme s'il avait ressenti le trouble de sa mère, pousse un profond soupir, change de position. Il est temps d'aller le déposer dans son petit lit qu'elle a placé tout à côté de son alcôve. Tendrement elle le couche, borde son drap, remonte sa couverture de laine, le contemple, s'attarde quelques instants de plus.

Elle n'a pas encore sommeil et comme chaque soir, elle va chercher sa lampe et le livre qu'Agnès lui a donné. M^e^ Amaury trouverait cela sans doute insensé et dispendieux…

« Quelle idée, s'exclamerait-il certainement, de vouloir apprendre à lire et d'user l'huile à éclairer pour cette inutile occupation !... » Et Éléonore se prend à sourire en s'imaginant calmement lui répondre que sa dot serait largement suffisante pour pallier à cette dépense inconsidérée…

Installée confortablement près de la cheminée sur sa chaise à haut dossier, elle soupire d'aise, ouvre le précieux manuscrit et répète les phrases qu'elle a déchiffrées ces jours derniers avec son amie. Bien des mots déjà sont apprivoisés. Les aventures étonnantes du « chevalier à la charrette » ne lui ont pas encore livré tous leurs secrets, mais elle se dit que bientôt, elle sera assez savante pour découvrir le message du coffret de Siméon.

« Mais la clé ? », s'inquiète-t-elle fugitivement.

« Inutile d'obscurcir mes pensées avec ce détail, la Providence me la rendra le moment voulu. » Elle est certaine de cela…

« Tendre Siméon, qu'a-t-il voulu me dire, nos destins auront-ils encore la chance de se croiser ? »

Ses yeux dérivent, quittent lentement la page et par la magie des flammes, elle est transportée à l'orée de la forêt de la Margeride en cette belle nuit étoilée qu'elle a partagée avec cet homme au calme regard bleu.

# 19

Tous contemplent l'Enfant endormi dans la paille de la mangeoire, même le bœuf et l'âne semblent s'attendrir devant le Dieu fait homme en ce jour de la Nativité.

Dans la chapelle des Cordeliers, achevée depuis peu, les franciscains, fidèles à la tradition innovée par François d'Assise, ont fait une crèche que les Lyonnais ne manquent pas de venir admirer.

Jean s'extasie, il remarque tous les détails, voudrait toucher les santons et les animaux.

– Regarde seulement avec tes yeux, mon enfant, laisse cet agneau à sa place, chuchote Éléonore avec une tendresse amusée.

À regret, il retire sa petite main qui vient se blottir dans celle de sa mère.

« Il y a eu tant de Noëls sans toi, sans joie... » pense-t-elle avec un cœur empli d'amour, en serrant doucement la menotte, et ce 25 décembre 1245 prend un éclat particulier.

Une légère ombre passe cependant sur le tableau.

– Comme Joseph a l'air heureux et protecteur, chuchote Éléonore à Agnès qui prie à ses côtés. Je ne suis pas sûre que M^e^ Amaury éprouvera les mêmes sentiments pour Jean...

– Laissez l'avenir décider, il y aura bien une solution, un enfant, d'où qu'il vienne, est toujours une bénédiction.

– Vous avez raison, la peur est bien mauvaise conseillère, réjouissons-nous plutôt de ce merveilleux Noël et ne laissons pas nos hésitations ternir cette belle fête.

Le visage d'Élisabeth, éclairé par les nombreux cierges, montre un étonnement émerveillé, elle aussi est attentive à tout ce que ses yeux rénovés lui offrent.

Des cantiques s'élèvent dans la nef et c'est avec ferveur que leurs voix se joignent à celle de l'assemblée. En sortant sur le parvis, elles aperçoivent Martin qui vient à leur rencontre et, avec entrain, tous se dirigent vers la rue de la Ferrandière. Ils saluent en passant un homme à la mine joviale et à la belle prestance, c'est le sieur Grolée, très révéré chez les franciscains. Les moines n'oublient pas que c'est son père, Humbert de Grolée, qui a fait don des terrains sur lesquels a été bâti le monastère en 1220.

De gros flocons commencent à tomber dans le crépuscule. Jean se met à courir, voudrait les attraper, puis il sautille à cloche-pied. On traverse la rue Grenette un peu moins encombrée que d'habitude, on passe près du « puits-pelu » et bientôt la demeure est en vue, le chemin n'a pas été long. Un savoureux fumet de volailles rôties promet un repas bien agréable. Coline et Marion ont depuis deux jours plumé, découpé, mariné canards, chapons, grasses gélines qui mijotent en ce moment sur le trépied du feu. Avec Agnès et Élisabeth, Éléonore a invité le chanoine Fulbert, quelques cousins de Francheville et des amis de la paroisse de Saint-Nizier.

Bientôt, sur les tranchoirs, on dispose de belles portions de viande tandis que des écuelles en étain sont remplies d'un appétissant bouillon. Les candélabres en argent, sortis pour les grandes occasions, font étinceler la nappe blanche et briller les yeux des convives. Le vin de Beaujeu coule sans restriction dans les gobelets et les hanaps. Au bout de la table, une place est restée vide, il ne faut pas oublier les pauvres, surtout en cette veillée sacrée et si quelqu'un frappe à la porte, quelle que soit sa condition, il sera le bienvenu.

Les conversations vont bon train.

– J'ai croisé notre nouvel archevêque, Philippe de Savoie, dit Martin bien content de capter l'attention des convives. Il va administrer avec intelligence et fermeté notre ville.

Ce prélat est issu d'une puissante maison qui étend son influence aux confins de l'Europe, puisque deux de ses nièces, nées comtesses de Provence, sont reines. Marguerite, épouse de Louis IX, est souveraine de France et sa sœur est mariée à Henri d'Angleterre.

– Je m'étonne cependant, s'indigne Éléonore, qu'il puisse accéder à cette fonction sans même avoir reçu les ordres majeurs. Le Pape montre envers lui une étrange bienveillance et je plains bien ce pauvre monseigneur Aymeric qui a été fort rudement éloigné de la place et a dû se réfugier à l'abbaye de Grandmont !

– Je crois savoir aussi, poursuit Agnès, que l'entrevue de Cluny n'a pas été un franc succès...

C'est entre le 17 et le 25 novembre 1245 qu'Innocent IV s'est rendu avec une importante escorte à l'abbaye bénédictine afin d'y rencontrer le roi de France, Louis le neuvième, reconnu pour sa pondération et médiateur dans le conflit qui oppose le Pape à Frédéric Hohenstaufen. Malgré d'âpres débats mouvementés, la réconciliation entre le Pontife et l'Empereur a échoué. L'abbé, Guillaume de Pontivy, avait pourtant mis tout en œuvre pour qu'enfin cette vieille querelle soit réglée et que sur ce point essentiel, le concile aboutisse. Peine perdue, chacun a campé sur sa position et l'on n'a pas trouvé d'issue.

– Comme c'est dommage, ajoute la douce Éléonore, que les grands de ce monde n'arrivent pas à bâtir la paix, on est sans cesse à guerroyer ça et là et ce sont souvent des pauvres gens sans défense qui en font les frais.

– Reconnaissons tout de même, dit le chanoine Fulbert, toujours conciliant, que la présence papale dans notre ville est hautement bénéfique : *Ubi papa, idi Roma*, quel prestige pour notre cité ! Avec la création du Studium Curiae, Lyon peut maintenant s'enorgueillir d'avoir pour quelques années une école de haut niveau. Notre élite intellectuelle s'ouvre aux grands esprits de notre époque, d'ailleurs Martin sera l'un des privilégiés qui pourra bientôt partir pour Bologne et...

– Pour Bologne, s'exclame Éléonore, ça alors, le secret a été bien gardé !

– Je ne le sais que depuis quelques jours, répond son frère avec fierté et enthousiasme, j'irai avec quelques étudiants apprendre le droit dans cette prestigieuse université.

Coline qui venait d'apporter une cruche d'hypocras fait un mouvement brusque et renverse un peu de breuvage sur la nappe. Son jeune visage a pâli et ses yeux s'affolent tout à coup. Marion la réprimande, mais avec une réserve inhabituelle et son regard croise celui de sa maîtresse. Sans un mot, elles partagent la peine de la petite servante, cette séparation sera bien dure et sûrement malvenue pour elle, mais Martin tout à son projet n'a rien perçu, il poursuit étourdiment :

– Le pèlerinage à Conques m'a donné le goût des voyages, la jeunesse passe si vite et j'ai bien envie de vivre de nombreuses expériences.

Petit Jean caracole sur son cheval de bois, tout autour du festin, sans oublier de picorer dragées et pâtes de fruit chaque fois qu'il passe devant la desserte. Éléonore lui a confectionné un ballon en tissu rouge, bourré de laine et Martin lui a donné une épée et ce destrier si docile qu'il a acheté chez un menuisier de la rue Mercière.

La joyeuse assemblée, le bon vin aidant, fait grand tapage, pourtant, on distingue soudain le roulement d'une voiture…

Marion essoufflée se précipite :

– Dame Éléonore, Dame Éléonore, une litière s'est arrêtée devant le porche !

– C'est le voyageur à qui la place vide est destinée, constate doctement le chanoine dans le silence qui s'est soudainement imposé.

Le bruit d'un pas chancelant et une toux rauque précèdent l'entrée du visiteur.

– Mon Dieu, gémit Éléonore en portant ses mains à son cœur.

Comme on a du mal à reconnaître la superbe de M^e^ Amaury dans cette silhouette amaigrie, ce visage émacié aux orbites creuses et aux yeux fiévreux !

Jean abandonne prestement sa monture et vient se réfugier dans les plis du surcot de sa mère.

# 20

*Hier, la communauté bénédictine a enterré frère Luc. C'était l'un des moines les plus âgés, je l'aimais bien. Souvent, je voyais approcher à pas lents sa silhouette cassée et il ne manquait pas de m'adresser un petit signe d'amitié lorsqu'il passait devant ma fenestrelle. Connivence à la fois muette et profonde.*

*Après avoir reçu le viatique des malades, il s'est éteint doucement, a franchi la porte de l'éternité sans heurts. Depuis quelques mois, il était entré dans l'indifférence ou plutôt le détachement, peu à peu les choses lui paraissaient moins graves, les événements moins importants, les objets plus futiles et les paysages plus monotones. Comme si une grâce lui avait été accordée peu à peu pour partir en voyage, l'esprit tranquille, sa cellule en ordre, ses livres transmis. Il avait trouvé, sagesse dernière, la liberté de s'en aller.*

*Par la pensée, je l'ai accompagné jusqu'au cimetière qui s'étend derrière le chevet de l'abbatiale, sous la protection de saint Martin et saint Loup. Il repose dans ce lieu calme, enroulé dans un simple linceul, confié à la terre. Et ce corps décharné, cette enveloppe dérisoire, ce vieux vêtement usé, devenu inutile, va libérer sa lumière ultime. Un jour, prochain je pense, je le retrouverai.*

*Petit Jean à l'aurore de ses jours et frère Luc au déclin des siens, ainsi va la vie, ce temps éphémère entre naissance et trépas. Quelques poignées d'heures où chacun doit trouver le sens de sa destinée, le service où l'attend le Seigneur, la place qu'Il lui a assignée. La vie, à la fois une densité bien réelle et une dérision.*

*Qu'est-ce que mourir, sinon franchir le seuil de l'invisible, passer la porte du jardin d'à côté ; il peut y avoir beaucoup de paix et même de la joie à faire ces quelques pas qui nous emmènent vers l'éternité. La vie qui s'achève tranquille, une promenade vers le pressenti, un pays blanc de lumière, difficilement concevable malgré la certitude de son existence.*

*Pourtant, ce passage peut se faire dans une violence inouïe, le corps disloqué, la douleur foudroyante, les chairs écartelées, les visages fracassés, les entrailles arrachées, déchirées. Guerres, accidents brutaux ou maladies cruelles quand la fin se fait trop attendre.*

*D'un côté la mort suave, douce, de l'autre l'incompréhensible férocité du mal dans toute son insupportable horreur. On ne peut que croire au diable… Et rester les bras ballants, la bouche bée devant l'inimaginable, avec au cœur une interrogation qui semble ne jamais pouvoir être comblée.*

*Quelle inégalité entre les uns et les autres pour le mystérieux passage, que de différences entre les agonies ! Un sentiment d'injustice et de révolte, que j'ai tant voulu taire, m'habite encore parfois, si proche du blasphème.*

*Tristan n'est pas mort dans la sérénité...*

*J'avais accouru à la fenêtre du donjon, alertée par le tumulte des villageois. On venait de repêcher le corps de mon père au fond de l'étang et sur un brancard de fortune, on le remontait au château... Au loin flottait la barque chavirée, inconvenante, absurde sur l'eau sans rides et sans mémoire.*

*Je fus horrifiée par cette brutale apparition et un cri rauque jaillit du plus profond de mes entrailles, puis je demeurai pétrifiée, incrédule, avant d'exploser en une sourde colère contre l'univers entier, Dieu, mais sans doute surtout moi-même.*

*Pourtant, lorsque le premier choc fut passé et que ma raison eut remis les choses à leur juste place, j'ai pensé qu'enfin il était délivré, et qu'il avait atteint le port espéré au bout de son terrifiant calvaire.*

*Je l'avais sans doute, au nom d'un amour démesuré, retenu trop longtemps contre lui-même par un fol et vivace espoir, si prêt à resurgir dans l'aridité même, la pierre stérile ou la terre gelée. Qu'est-ce que cette force incommensurable qui existe à la frontière entre cette vie et l'autre, s'accroche contre toute raison, s'acharne alors que vivre est devenu un supplice ? Mystère de ces surgissements ultimes...*

*Il aurait fallu le délier, le laisser aller et je l'avais emprisonné dans mon désir insensé de le garder à jamais. J'avais été incapable de résignation, encore moins d'acquiescement, à nos devenirs. Je n'avais pas entendu que le véritable amour, c'est renoncer à retenir une vie qui veut se reposer du fardeau de l'existence, exténuée de la succession impavide des jours. La voie juste aurait été de porter un peu de paix sur son dernier bout de chemin en allant dans le sens du destin plutôt qu'en s'y opposant, accompagner sa déchéance progressive, son naufrage impitoyable, plutôt que vouloir le maintenir à bout de force.*

*Miséricorde pour cette chair qui tremble, s'exalte, pleure, crie, soupire, exulte, puis devient muette à jamais. Je me suis révoltée contre le temps mesuré par Dieu, là est le lourd péché, la tentation d'un démiurge qui prétendait posséder la vie.*

*Ce qu'il n'avait pas pu me dire, Mathieu, lorsqu'il avait remonté la dépouille, c'est que Tristan avait sombré une pierre au cou…*

*Mort de malemort.*

*Et la malédiction avait roulé sa tempête fracassante.*

*L'occasion fut trop belle pour Foulques le Gris et le traître Ganelon !*

*Ils eurent tôt fait de répandre des rumeurs sataniques. Puis ils rameutèrent tous les manants serviles et la foule versatile des alentours, les menaçant d'une effroyable punition s'ils osaient tant soit peu s'opposer à leurs manigances.*

*Cette diabolique et lourde pierre noire permit au chevalier félon d'envahir nos terres, en toute impunité, sans résistance, et d'écraser mon avenir sous sa botte implacable. Le clergé, tremblant, s'engouffra dans la brèche et mollement, accrédita la présence du malin et se rangea du côté des puissants. Un simulacre d'ordalie, à laquelle même l'Église ne croyait plus, confirma hâtivement le jugement irrévocable, Tristan était un possédé, et moi sa fille, je fus bientôt accusée de sorcellerie.*

*Comme un chaos sans frein, les cavaliers arrivèrent au galop de leurs chevaux effrénés, saccageant la moisson, dispersant les animaux, blessant ou tuant quiconque entravait leur avancée. Devant leur atelier, le forgeron et son épouse avaient été empalés sur les pieux de la clôture, à cause d'une indéfectible fidélité au domaine, sans doute.*

*Tristan ne put avoir une sépulture décente et son âme erre peut-être encore parmi les décombres et les ruines fumantes...*

*Mais la besogne était inachevée, Foulques le Gris en tête, ils revinrent à la nuit, brandissant des torches et bientôt de gigantesques flammes, épargnant seulement le donjon, s'élevèrent pour dévorer les pierres séculaires de Vermance, mon insouciante jeunesse et ma joie. Le mugissement pitoyable des bêtes et l'odeur de chair calcinée dépassaient tout entendement humain.*

*Réfugiée dans ma chambre en haut de la tour, hébétée, terrorisée par le martèlement des sabots des destriers et les cris sauvages des hommes, excités par le sang et la cendre, le sexe outragé des femmes, je n'eus même plus le courage de lutter, lorsque Foulques le Gris, déchirant ma robe, écartant brutalement mes cuisses, s'empara de ma virginité avec une indicible cruauté.*

*Ganelon, les chausses troussées sur ses chevilles, se branlait en ricanant dans un coin, vomissait sa rancœur.*

*À l'aube de cette interminable nuit, souillée à jamais, je fus bannie, condamnée à l'exil.*

*Et c'est au terme d'une longue errance que je me condamnai moi-même à l'enfermement définitif...*

*La paix de l'abbaye lentement a déposé son baume sur mes plaies, et si parfois la trouée d'un souvenir violent, d'un doute persistant, vient malmener cette quiétude, les mots tranquilles d'Omarus et les bienfaits de la prière exaucée tentent de refermer la blessure. Les mots sont de grands magiciens…*

# 21

Le dos bien calé dans sa chaise haute, emmitouflé dans un pelisson fourré de menu vair, Me Amaury jette un regard distrait et fatigué sur les flammes de la cheminée. À ses pieds, sur un coussin de velours bleu, Éléonore est venue s'asseoir et, les cheveux dénoués, tombant en vagues souples sur ses épaules, elle laisse aller sa tête contre les genoux de l'homme qu'elle a retrouvé après une absence si marquante. Il est surpris de cette attitude inhabituelle et audacieuse. Jamais auparavant, son épouse n'aurait pris l'initiative d'un geste comme celui-ci, elle aurait attendu d'y être invitée et timidement aurait répondu à son exigence.

Me Amaury, déconcerté, ne sait trop comment réagir devant cette femme en laquelle il ne reconnaît guère la malléable Éléonore du temps passé. C'est comme si ce voyage sur la trace des Mongols avait créé une rupture dans le temps, pour eux deux. Il faudrait désormais, que ça lui plaise ou non, envisager un avant et un après.

Pendant un long moment, les deux époux restent immobiles et silencieux.

Dans cette inclinaison voluptueuse, il la trouve particulièrement belle et séduisante. Il a envie de caresser les mèches brunes qui se mêlent à la fourrure, mais sa main reste inerte et sa voix ne parvient pas à sortir de son mutisme.

« Que m'arrive-t-il ? s'étonne-t-il en son for intérieur. Mon épouse, autrefois si effacée, me déroute et, c'est un comble, j'ai même l'impression que son aisance m'en impose ! »

Il est vrai que deux mois durant, il a reçu ses soins attentifs car sa faiblesse l'avait rendu bien dépendant de son entourage. Il avait dû apprendre malgré lui l'humilité.

Éléonore allait et venait, avec une angélique patience, à pas feutrés, entre la chambre et la cuisine où elle préparait les remèdes. Elle entrouvrait délicatement les courtines de l'alcôve pour apaiser le malade, donner les breuvages, redresser les oreillers, le réconforter d'une façon ou l'autre. À l'Hôtel-Dieu, elle avait demandé conseil à Agnès qui aidait régulièrement l'apothicaire. Son amie avait prescrit des cataplasmes aux graines de lin et de moutarde pour soulager les brûlures qu'il ressentait dans la poitrine et des sirops de miel, lavande, romarin et thym pour calmer cette toux récalcitrante qui lui déchirait la gorge.

Dans les contrées slaves, M^e^ Amaury avait terriblement souffert du froid dès le mois de novembre, mais, au début, ne s'était guère alarmé de son malêtre. C'est à Breslau, après l'achat des peaux de castors destinées au grand Khan et après avoir rencontré l'interprète qui devait les conduire à Kiev, que son état avait brusquement empiré.

Le frère Jean de Plan Carpin, encore bien vaillant, malgré son grand âge et sa corpulence, escorté de quelques gardes choisis par le roi de Pologne et de frère Benoît qui venait de se joindre à la troupe, avait poursuivi sur sa mule, vers Varsovie puis la Russie. Le malade, lui, avait dû renoncer à l'aventure et repartir en litière vers Bratislava où Boleslas, roi de Silésie, les avait si bien accueillis quelques jours plus tôt. Le médecin du souverain s'était montré fort inquiet devant l'état du patient et avait jugé préférable de le faire reconduire, en compagnie de deux marchands qui se rendaient à la foire de Troyes, jusqu'à sa ville de Lyon.

Le voyage de retour, sur les routes cahotantes rendues encore plus malaisées par l'arrivée de l'hiver, malgré un train soutenu des chevaux, avait paru aussi éreintant qu'interminable et c'est un homme proche de l'agonie qui était arrivé dans sa litière, le soir de Noël, rue de la Ferrandière.

Il s'était d'abord révolté contre son lamentable état et il malmenait, sans égard ni remords, ceux qui tentaient de le soulager. Les remarques grincheuses fusaient et une humeur maussade allumait toutes les flammèches de ses contrariétés en de soudaines colères.

Mais, peu à peu, comme il avait fallu compter sur le secours d'un autre bras que le sien pour oser quelques pas en dehors du lit, abandonner son corps affaibli à une autre volonté que la sienne, quémander, alors qu'il avait toujours ordonné, il fut bien obligé de se soumettre vaille que vaille aux exigences d'un destin qui lui échappait. Il s'était cru invincible, maître de tout, des hommes comme des événements, mais dompté par la souffrance physique, les défaillances de sa vigueur, la peur d'une issue fatale, il dut consentir à laisser tomber les défroques de ses certitudes dans un passé révolu.

Maintenant, ses jours ne sont plus en danger et il tente de reprendre sa place dans le logis, mais cette demeure, qu'il a pourtant fait bâtir à son gré, lui paraît presque étrangère. Ce n'est pas tant le changement de quelques meubles, l'apport de tentures neuves et chatoyantes, de coussins aux couleurs vives et gaies qui le désarment, c'est d'abord lui-même qui ne s'y reconnaît guère. C'est aussi cette épouse curieusement différente et ce garçon venu d'on ne sait où, qui n'arrête pas de faire du remue-ménage ou d'accaparer sa mère à la moindre gronderie.

Il ose à peine faire une remarque à Éléonore à ce propos... Et se contente de bougonner lorsque le cheval de bois caracole un peu trop près de sa cathèdre.

Au grincement de l'huis, la jeune femme redresse vivement la tête, réajuste ses cheveux en un chignon hâtif et les recouvre du voile de sa guimpe. Elle est debout, lissant la soie de son surcot, lorsque le chanoine Fulbert, l'air mystérieux et affairé, pénètre dans la chambre.

– Comment allez-vous, Amaury ? proclame-t-il en se laissant tomber lourdement sur le siège que lui tend son hôtesse.

– Mieux, grand merci, j'ai traversé une grande épreuve, mais je recouvre peu à peu force et santé. Qu'est-ce qui me vaut l'honneur de votre visite à cette heure matinale ?

Sur le visage de l'homme d'Église, une moue dubitative confirme un geste hésitant de la main et, carrant plus profondément son large séant sur la chaise, il toussote et jette un bref regard autour de lui, comme s'il craignait l'indiscrétion. Il ne retient pas Éléonore qui s'esquive sur la pointe des pieds.

– Je n'irai pas par quatre chemins, vous connaissez ma franchise et mon caractère direct... Le Pape a grande reconnaissance de vos services, mais...

Le maître des lieux croit deviner à ces premiers mots ce dont il est question, il laisse son visiteur poursuivre.

– Votre présence rassurante auprès des franciscains, votre expérience des voyages et vos conseils avisés ont favorisé la préparation et le bon départ de la mission vers les Tatars. Vous aviez ordre d'accompagner les moines jusqu'en Pologne, vous avez accompli votre tâche au péril de votre vie... D'autre part, votre largesse envers la Curie, qui a toujours grande nécessité d'argent, n'a pas laissé les cardinaux insensibles... Pour tout cela, le Pape éprouve à votre égard beaucoup de gratitude, et il a tenu à examiner personnellement votre demande d'annulation de mariage. Mais après quelques hésitations, il n'a pu se résoudre à prendre une décision si opposée aux textes évangéliques qui mettent la charité et l'amour au-dessus de tout. Comme je le pressentais, il n'a pu retenir le motif de stérilité, une union est sacrée et vous restez liés pour le meilleur et pour le pire. Je vous apporte donc la missive que vient de me remettre son secrétaire, Nicolas de Gurbio et j'avoue que cette réponse me décharge aussi d'un grand fardeau...

Tout en parlant, il sort de la mallette qu'il tient avec précaution un fin rouleau de parchemin, cacheté du sceau pontifical et, prenant un air d'importance, il le pose dans la main tendue du marchand. Le léger tremblement que celui-ci tente de dissimuler ne lui échappe pas. Il regarde intensément M<sup>e</sup> Amaury, cligne des yeux, hausse les sourcils et d'un ton perspicace, il hasarde :

– Êtes-vous si déçu que cela ? Ce refus ne soulage-t-il pas votre conscience, n'allège-t-il pas votre cœur ?

Celui-ci marmonne une réponse embarrassée, se lève, s'approche de la fenêtre à meneaux, fait mine de regarder le jardin.

Fine mouche, le chanoine a sans doute compris le cheminement des pensées de son ami. Lui aussi, depuis le retour du pèlerinage, a remarqué l'allure resplendissante d'Éléonore, sa prestance et son aisance gracieuse pour occuper toute sa place au cœur de cette maison. Il s'est bien rendu compte que ce qu'elle avait vécu ces derniers mois, et surtout l'arrivée de Jean, avait fait surgir une force vive, si secrète jusque-là, et surtout une détermination calme qui dissuadait toutes les tentatives de remarques désobligeantes à propos de l'orphelin.

« Retournement de situation, constate pour lui-même le chanoine… Dieu seul est le maître de l'avenir, et rien n'est jamais joué ou perdu d'avance, jusqu'aux derniers instants, la vie nous réserve des surprises bien étonnantes ! »

M<sup>e</sup> Amaury n'écoute plus guère son visiteur qui va prendre congé, ses pensées galopent à un rythme qu'il ne maîtrise plus ; il a l'impression d'avoir subi une piètre défaite et soudain son combat pour assurer son lignage lui semble bien insignifiant, sa position bien vaine, sa richesse futile… Après avoir côtoyé la mort de si près, il se dit, contre toute attente, que la seule possession qui vaille la peine, c'est la vie et l'amour qui lui donnent sa saveur.

Peut-être même qu'un jour, l'enfant ne lui sera plus si étranger…

Sa cuirasse s'amollit, il rend les armes et surtout son bouclier et il constate comme cela est bienfaisant…

Quand Éléonore revient dans la chambre pour lui apporter une tisane odorante, elle est bien émue par le regard attendri de son époux. Elle pose le bol fumant sur la petite table proche de la cheminée et, reconnaissante, sourit et lui tend la main. Elle aperçoit alors le pli cacheté dans la sienne.

M^e^ Amaury ferme les yeux, resserre plus étroitement ses doigts sur la lettre, regarde de nouveau les flammes vives, puis, en un mouvement très lent où l'on perçoit toute la dérision des menus événements de nos vies, il jette la missive dans le feu qui dévore en quelques instants un vieil et tenace acharnement.

– Plus de répudiation, ma mie…

Éléonore est bouleversée et se dit que les princes charmants n'existent que dans les rêves, ils s'érodent au frottement du quotidien… Ne restent alors que des êtres plus ou moins malmenés par l'existence, souvent maladroits, parfois terriblement touchants, comme son époux ce soir…

« Cette immensité de chagrin parcouru, de désert traversé… » se souvient-elle lorsqu'affleurent à sa mémoire tant de moments tristes, où l'issue de son mariage ne tenait qu'à un fil.

Mais là, devant le visage sincèrement peiné et contrit de son époux, elle parvient à estomper toutes ces strates de honte et de souffrance, ferme une porte sur des jours anciens qu'elle veut cicatriser et quelque chose qui restait encore prisonnier en elle se libère enfin.

Un jour, la recluse lui avait dit : « Tu devras pardonner… Cela n'est pas facile, mais tu verras, le pardon accordé est aussi un présent très doux que l'on donne à son âme et l'indulgence est une enveloppe soyeuse que l'on peut tisser autour des autres et de soi-même. »

Alors comme le miel suave, apaisant, le pardon descend en elle.

« Nous avons la capacité d'oublier et je m'efforcerai de ne plus raviver les confins sombres de mes souvenirs. Il me faut peut-être accepter l'imperfection de mon mari comme un miroir de moi-même, m'ouvrir ainsi à la tolérance, pour que la réconciliation trace notre avenir sur une route légère… »

Au plus profond de son être, elle sait maintenant que peut surgir cette immense paix comme un matin de neige, un paysage de l'aube du monde.

« Et voilà, se dit-elle encore, mes deux souhaits les plus chers sont exaucés. Dieu a comblé ce vide que l'absence d'enfant avait si douloureusement creusé, Il m'a confié Jean et une myriade de joies sont semées au fil des heures dans mon jardin secret, là où trop souvent mes déserts attendaient une improbable pluie.

Mais ce soir, Il m'accorde en plus, avec une infinie tendresse, la réalisation de l'autre vœu que j'appelais de toute mon âme. Mon mariage est sauvé, l'angoisse de la solitude et l'humiliation d'un rejet n'obscurciront plus mon horizon. Comme la recluse avait raison de me dire que Dieu entend toujours un cœur fidèle. Mes prières n'ont pas été vaines.

Pendant des années, tous les matins en m'éveillant et tous les soirs avant d'atteindre la rive sereine du sommeil, je répétais ces paroles de Matthieu : "Demandez et vous recevrez..." J'implorais, mais sans oser vraiment croire à ces promesses, il y avait toujours un léger manque de foi, une réticence frileuse qui m'empêchaient de m'abandonner complètement à la miséricorde divine... Pourtant, peu à peu, l'oraison persévérante a estompé les désirs superflus ou trompeurs, elle m'a ajustée progressivement au désir de Dieu à sa volonté bienveillante.

Combien de sentiers foulés m'a-t-il fallu pour que je parvienne à une relation de grande confiance ? Maintenant, je peux dire en toute quiétude "Que votre volonté soit faite" et simultanément, demander simplement au Seigneur ce qui paraît essentiel à ma vie, je peux vouloir ce qu'Il veut. »

# 22

Sur le banc de noyer, dans l'embrasure de la baie géminée, Éléonore sourit.

L'aiguille en suspens au-dessus de l'ouvrage, elle hésite sur la couleur du fil qu'elle va choisir. Il lui semble qu'elle a délaissé sa tapisserie pendant une éternité et elle est bien étonnée de revoir tous les détails du motif : les fleurs semées avec soin, nuancées avec finesse, les draperies des vêtements, le bleu soutenu du fond qui cerne si exactement le visage de la madone. Elle approche ses yeux un peu plus près de la toile.

« C'est étrange, pense-t-elle, il y a un vide à la place de l'enfant comme si mes doigts n'avaient jamais été assez audacieux pour inventer cette petite vie fragile, confiée paisiblement à sa mère. Par une sorte de réticence attristée, une douloureuse résignation devant mon impossible désir, j'avais cru certaines limites définitives et la pointe de l'aiguille avait consciencieusement circonscrit l'endroit où l'espérance chutait sans appel… »

Assis à côté d'elle, bien sage, Jean s'amuse avec une bobine. Il ne fait qu'un avec son jeu, immergé dans l'univers qu'il crée. Ce pouvoir-là n'a qu'un temps, un jour on grandit et la distance s'accroît entre ce que l'on fait et ce que l'on est, le présent perd de son poids, se déleste de sa ferveur. Pour l'instant, il fait rouler la pelote sur la planche de bois, la redresse, la lance en l'air, de nouveau la fait glisser contre le mur d'un petit mouvement cahotant. C'est un bateau sur le fleuve, et puis un cheval qui galope, et puis un oiseau qui vole, et puis un enfant qui marche seul le long des remparts...

La bobine tombe à terre, Jean se blottit contre la hanche d'Éléonore. Devinant sa crainte et les souvenirs qui parfois l'assaillent encore, elle pose l'ouvrage, entoure affectueusement son bras autour des frêles épaules.

Son vague à l'âme ne dure pas, il saute d'un bond, retrouve son cheval de bois et s'en va vivre d'autres aventures.

Me Amaury n'est plus là pour interrompre ses batailles imaginaires, ses cavalcades dans des contrées magiques. Complètement rétabli maintenant, il est retourné à ses affaires, la foire de Troyes va bientôt commencer et il a hâte d'aller écouler ses marchandises, négocier des prix, faire des bénéfices, c'est son jeu à lui...

Ces dernières semaines avaient été douces et heureuses. Une harmonie qu'ils n'avaient plus connue depuis longtemps s'était installée entre eux. Après des tâtonnements successifs, chacun avait retrouvé la place qui lui convenait, les rôles avaient été sagement redistribués et l'un et l'autre s'étaient sentis finalement mieux ajustés à ce qu'ils étaient vraiment.

Pendant quelque temps, Éléonore avait cherché ses nouveaux repères. Son ancienne vie mesurée à petits pas, à gestes discrets, à humbles projets, lui avait paru si étriquée. Durant toute sa période de mélancolie, combien de richesses lui avaient filé entre les doigts, au nom de quelle bienséance était-elle devenue cette femme mutilée qui avait perdu l'audace de vivre et l'urgence de se lever chaque matin ?

D'une bourrasque incertaine mais libératrice, elle avait balayé ces années à vivoter et cette existence terne qu'elle avait menée avant son départ à Conques. Ranimant son inconsistance de parchemin trop de fois parcouru sans surprise, elle avait senti un sang vivifiant affluer dans ses veines. Son être avait éclaté, craqué de toutes parts, avec une telle force qu'il lui arrivait de se demander s'il s'agissait d'un déchirement ou d'une gestation prometteuse. La coque ou la gousse ne s'ouvrent pas sans effort ni brisure, tout enfantement se fait dans l'incertitude et elle n'y avait pas échappé.

Parfois, elle avait eu la brève tentation de rentrer de nouveau dans sa coquille, de clore les volets grands ouverts, mais le vent avait toujours soufflé assez fort pour évincer un retour aussi frileux. Réveillée, secouée, elle avait découvert le monde à sa porte comme s'il avait été occulté jusque-là par un épais brouillard, elle voulait désormais passer sur l'autre rive pour voir ce qu'il y avait derrière, quel que soit le vertige à affronter. Elle n'allait pas d'une pichenette découragée risquer de s'engager à nouveau dans une impasse triste. Même si elle mesurait la volonté nécessaire pour arracher ses rêves à la gangue des impossibles, elle saurait faire, de ce feu de paille qui venait de s'allumer, une gerbe d'étincelles, puis une lumière vive et, finalement, une bougie constante qui se consumerait tranquillement pour la guider avec sûreté.

La crainte de blesser au passage son époux, lui aussi hésitant pour retrouver sa place, fut le corollaire de sa propre mutation. Il est sûr que sa marche vers la liberté avait brisé une chaîne ancienne qui la tenait à lui. Au bout de cette longue reconquête d'elle-même, que resterait-il d'eux deux ? Pourrait-elle éprouver davantage qu'un sentiment de pitié, traversé d'élans de tendresse ?

Cette interrogation fut bientôt éliminée par la certitude que la survie de leur estime mutuelle aurait pour socle cette nouvelle distribution de leurs personnages, désormais sans masque.

Lorsqu'elle avait entendu décroître le pas du cheval de M^e^ Amaury, en route pour son négoce, Éléonore avait éprouvé une peine légère et puis elle avait pensé : « Non, cette fois, je ne suis pas abandonnée, je suis seulement rendue à moi-même, je ne suis pas délaissée, mais mise au monde pour accomplir ma propre destinée. »

Jean, un peu dérouté devant les yeux rêveurs de sa mère, avait déposé un furtif baiser sur sa main avant d'aller courir sur la pelouse avec la genette.

Assez pour aujourd'hui, l'aiguille ne piquera plus la toile fine, Éléonore a envie de bouger. Peut-être une belle promenade ? Le soleil printanier semble la convier à des retrouvailles joyeuses, et Jean sera tout heureux de gambader le long du Rhône, il aime regarder les roues des moulins qui sont arrimés sur le fleuve, les meuniers qui trimbalent de gros sacs de farine sur leurs barques, les ânes qui apportent le blé près de la berge.

Elle range son ouvrage, mais son geste est un peu vif et la corbeille, en porte-à-faux sur le rebord du banc, se renverse par terre et éparpille tout son contenu.

– Eh bien, suis-je si pressée d'aller prendre l'air ? se dit-elle avec amusement.

Afin de tout remettre en ordre, elle se baisse et commence à ramasser les écheveaux de couleur, ses ciseaux d'argent, le coussinet où sont piquées les épingles, quelques perles colorées et d'infimes bibelots dont elle n'avait plus souvenance. À demi cachée par un ruban de soie, une chose brille.

– La clé !... La clé du coffret de Siméon, s'exclame-t-elle d'un élan de tout son cœur. Comment a-t-elle pu arriver dans ce panier, mystère !

Il n'est plus question d'aller voir les moulins. D'un pas alerte, elle file chercher ce qui l'attend depuis de nombreux jours... Son cœur bat la chamade, impossible de dompter le tremblement de ses mains et ses joues ont rougi sous le coup de l'émotion. Elle a grande tentation d'ouvrir tout de suite le coffret, mais elle se ravise.

– Aller à la rencontre de Siméon, après tant de semaines, nécessite bien un peu de calme de ma part. Je veux accorder toute sa saveur à ce qu'il doit me livrer.

À travers la verrière, elle regarde, sans vraiment fixer son attention, Jean qui lance son ballon d'étoffe rouge à Coline. La jeune servante, agile, se hisse sur la pointe des pieds pour l'attraper, mais elle le manque et doit courir après jusqu'aux bords du bassin, la genette sur ses talons. L'enfant applaudit en riant.

Janequin, avec un grand râteau de bois, met de l'ordre dans les allées. Un merle siffle au faîte du cerisier déjà gonflé de bourgeons.

Au creux de sa main, la clé... Elle regarde l'objet finement ciselé, sans arriver à croire encore à la réalité de sa découverte.

L'autre main sur sa poitrine, elle s'efforce de respirer calmement.

Enfin, elle se sent prête.

Avec un petit bruit presque familier, la serrure ne résiste pas et les minces gonds du couvercle émettent juste un faible gémissement. La lettre craque délicieusement sous ses doigts.

– Je sais lire, grâce à Agnès ! Je sais lire et ce prodige peut me transporter loin d'ici, me rapprocher de Siméon. Je vais entendre enfin ce qu'il veut me dire depuis que j'ai quitté la commanderie.

La calligraphie est soignée, c'est ce qu'elle remarque d'abord, mais les signes minuscules dansent devant ses yeux, il lui faut quelques instants pour que son trouble s'apaise et qu'elle puisse donner un sens cohérent aux mots d'abord inexpressifs qui palpitent sur la page.

Alors la voix douce de Siméon enchante la pièce et son timbre grave caresse la chambre silencieuse : « Le meilleur est toujours devant nous, Éléonore... Aussi sûrement que la jubilation du printemps succède à l'hiver, aussi sûrement que la rose fanée porte graine et que la graine fait germer la rose… L'essentiel est de consentir à fleurir là où nous sommes semés. C'est cela vivre et c'est cela espérer. Tout est promesse à qui sait deviner l'invisible en de secrets accomplissements. »

Il émane de ces phrases, pourtant déroutantes et énigmatiques, un étrange bonheur et durant tout le reste du jour, elle revient constamment respirer le parfum du vélin, s'abreuver aux mots si pleins de confiance. Éléonore pressent qu'elle saura désormais accueillir toute joie quelle que soit sa provenance.

Elle traverse les heures, déambulant au gré de pensées fugitives qui se chevauchent les unes les autres, dans un désordre apparent. Elle laisse flotter ses songes qui l'emmènent, de sa maison aux contrées de la Margeride, sur les chemins ensoleillés du pèlerinage. Puis de nouveau, son esprit vagabond revient auprès des siens, Jean, Martin, son époux, ses servantes, ses amis et des bouffées de tendresse mettent une grande paix en son logis. Elle répète doucement : « les miens » et elle les reçoit au plus chaud d'elle-même, comme dans un nid d'oiseau capitonné d'un impondérable duvet. Les minuscules plumes, légèrement grises, soulevées à un rythme régulier, sont animées d'un infime souffle, mais tellement vivant !

Le soir venu, avant de rejoindre son alcôve, elle s'assied devant sa coiffeuse. Elle brosse longuement ses cheveux, démêle les boucles indomptées, lisse encore les mèches soyeuses, puis distraitement tresse son épaisse natte pour la nuit.

Dans le miroir, à côté de la chandelle, ce n'est plus son image qui s'éclaire…

Lentement, M^e Amaury s'avance, à la fois tendre et indécis. Quelques rides sur son front disent le temps qui les a fidèlement liés l'un à l'autre, malgré les soubresauts de l'existence. Juste derrière lui, au-dessus de son épaule, un autre visage s'esquisse peu à peu et lui sourit. Les grands yeux bleus de Siméon ont ouvert l'espace et le temps. Le médecin lève lentement la main dans un geste d'adieu, s'attarde encore quelques instants puis il s'en va rejoindre les souvenirs vivifiants. Éléonore a reçu de lui l'enthousiasme si essentiel pour que la confiance en Dieu ne reste pas au seuil d'une hésitation, elle a retrouvé l'envie de vivre, la joie, indissociables de la foi.

Reste, comme des mots soufflés par l'Esprit Saint, le message du coffret dont elle saisit alors toute la portée : « Fleuris là où tu es semée. » C'est bien dans cette demeure qu'elle continuera de donner joyeusement le meilleur d'elle-même et de recevoir à profusion les dons de la Vie. Et pour les jours plus difficiles, un horizon s'ouvre à l'infini : « le meilleur est toujours dans l'avenir », ce viatique donné par celui qui l'a aidée à passer sur l'autre rive est le socle de l'espérance.

# 23

*Autour de l'étang calme, à peine troublé par quelques rides, un vent léger souffle dans la roselière et les aigrettes blanches avancent en majesté.*

*Oiseaux inconnus jusqu'à cette étrange saison, la patte haut levée, la tête fine oscillant sur un long cou gracile, elles progressent tranquillement, tracent un mystérieux itinéraire entre les roseaux, bercés par la brise.*

*Combien sont-elles ? Je ne peux les dénombrer. Arrivées au soir à Vermance, si peu coutumières de nos contrées nordiques. Du haut de ma tour, je les ai vues se poser d'un lent battement d'ailes, avec nonchalance, nuée vaporeuse sur la prairie, lorsque le soleil déclinant, superbement détaché des aléas de nos vies, continuait imperturbable sa course, derrière les hautes futaies de chênes. Fatiguées sans doute d'un long voyage, elles attendaient la paix de la nuit.*

*Mais de paix, il n'y eut point cette nuit-là…*

*Comme une discordance inconcevable, la tragédie avait élu ce paysage si serein et si beau pour s'ébranler inexorablement et ces oiseaux si gracieux pour vous conduire à la mort, Père bien-aimé.*

*Jusqu'au bord de l'eau indifférente, vous les avez docilement suivies... Quelle fascination irrépressible ont-elles exercé sur votre pensée désespérée ?*

*J'imagine encore et encore la gravité de votre pas jusqu'à la barque, mais là s'arrête mon chemin et les images se brouillent.*

*Ne reste en ma mémoire que cette marche hésitante au bout de laquelle vous allez refermer sans bruit la lourde porte de votre vie.*

*Et soudain votre silhouette harassée dans une brume floue s'estompe, je cherche en vain votre visage de mes yeux inassouvis, mais il a disparu... À jamais.*

*Longtemps, mon regard erre dans l'ombre nocturne, croyant vous apercevoir encore une dernière fois, mais à mesure de mon avancée, vous vous en allez, vous vous en allez dans les lointains inaccessibles.*

*À l'abri de mes paupières, les larmes retenues. Et je voudrais dormir encore, m'assoupir pour des siècles, ainsi mettre mon cauchemar en geôle.*

*Mais nourrie de ma longue fatigue, dévastée de repentance, comblée de miséricorde, au bout de ce sommeil d'éternité, parmi les aigrettes blanches, je discerne, étonnée, le sourire d'un ange.*

*– Ne pleure plus, Mathilde, tes suppliques ont été entendues, aujourd'hui Tristan, après un vaste détour, est entré dans la lumière, au-delà des ombres. Ses tribulations ont pris fin, il sera pour toujours dans la joie du paradis et de son éden, il escortera tes derniers pas.*

*Je veux retenir, avidement, quelques heures encore le messager céleste. Ma main s'agite et ne rencontre rien d'abord, puis elle effleure une paume douce...*

*– Mathilde, Mathilde, réveillez-vous !*

*C'est la présence d'Éléonore qui ouvre enfin mon regard. Elle a dû m'appeler plusieurs fois, secouer mon bras tremblant, à travers la grille de ma fenestrelle, pour qu'émergeant à grand-peine de ces images disloquées, je quitte cette vision rédemptrice.*

*Alors, tel l'épanchement d'un ruisseau intarissable passant d'une pierre à la suivante, je lui raconte par le menu les détails de ce rêve et à mesure que les mots rocailleux sortent péniblement de ma bouche, mon sommeil est délivré.*

*Le message angélique s'impose à mon âme comme une évidente clarté, une révélation translucide et la malédiction qui m'a si longtemps enténébrée lève son dernier voile.*

*Ultimes paroles expiatoires et je peux enfin frôler avec amour l'incernable dessein de Dieu, approcher la dérive permanente de son mystère, évoluant quelque part aux confins extrêmes de son dénuement et de sa gloire.*

*Gratitude infinie pour ce moment béni, mais aussi pour tout mon périple terrestre revisité à cette lumière. Les doutes n'avaient finalement été que de signifiants achoppements, les interrogations et la souffrance des maîtres à accueillir.*

*Louée soit la Vie, qui m'a donné les larmes, qui m'a donné la joie ! Désormais, équidistante entre ma soif et la Source, reposée de mon ouvrage, je peux être docile pour que la mort s'accomplisse.*

*Maintenant, Seigneur, tu peux me laisser m'en aller dans la paix, maintenant, Seigneur, tu peux me laisser m'endormir, car mes yeux ont vu le salut que tu prépares !*

*Et toi, Éléonore, va, marche allègre sur les sentiers de ton avenir et laisse-lui t'apporter de merveilleuses surprises. Tu seras assez vaillante pour transmuer toutes les blessures de ton destin en de simples éraflures qui ne t'accableront pas. Tu n'accorderas qu'une place juste nécessaire à la tristesse, cette sournoise voleuse de vie, et tu sauras l'abandonner sur les bas-côtés de ta route à la première occasion.*

*Mais qui se souviendra de nos pensées secrètes et de cette vieille histoire si je n'ose les exprimer ? Je dois demander une dernière grâce à Omarus : un calame et la tablette d'argile, ainsi à la lueur d'une avare chandelle, je transcrirai jusqu'à l'usure de mes yeux.*

*Je sais pourtant que ma mémoire risque d'être défaillante ou infidèle. Une trame existe, quelques faits, mais nos souvenirs sont des fils de soie qui brodent cette étamine et parfois les rêves et le réel ont été si étroitement mêlés que les frontières ont disparu. Qu'est-ce qu'un souvenir, sinon une essence mouvante qui s'imprègne du temps qu'il fait, qui va, qui vient, en un flux inégal dans la suite de nos jours, un lac plus ou moins tranquille où eaux vives et eaux dormantes viennent s'épouser, avant de faire renaître des images inconnues.*

*Qu'importe, je sais que mes abîmes sont habités, j'écrirai pour traverser les orages jusqu'à ce puits profond en moi où je renoue les liens occultés, où surgissent la joie et la paix, sources divines, infiniment douces, lumineuses, me donnant la force d'aller au bout de ma course, de passer sur l'autre rive.*

*Oui, je transcrirai pour que l'histoire chemine de pages en pages, de bouches à oreilles, dans la marche des siècles, jusqu'à te rejoindre, toi lecteur, ami d'un autre temps qui mettra son propre reflet sur mes mots. Même si ce récit dévie quelque peu de son jaillissement premier, je n'en suis pas troublée, il en restera un écho vivifiant.*

*Petite sœur de l'avenir, qui me ressemblera quelque peu, puisse mon empreinte alléger ton pas !*

*Alors, j'aurai peut-être été, comme le poète, vigile de l'éphémère.*

# Épilogue

Mathilde, Éléonore et les autres personnages nés de mon imagination continueront, je l'espère, à cheminer dans vos pensées et vos rêves…

Quant à ceux que la grande Histoire a retenus, voici quelques détails :

Innocent IV quitta Lyon le 19 avril 1251. Durant six années, sa présence contribua à un essor prodigieux de la ville. Des visiteurs de marque, des savants et des lettrés furent reçus à Saint-Just. Ainsi Louis IX en 1248 partant pour la croisade qu'il avait voulue strictement française, libre à la fois de l'Empereur et du Saint-Siège, s'arrêta à Lyon pour une ultime mais vaine tentative de conciliation. Des ambassades furent envoyées non seulement en terre mongole, mais aussi chez les musulmans du Maghreb, d'Égypte et du Levant. L'Église se trouva ainsi affermie et élargie par la détermination du pontife et aussi par l'impulsion pacifique des ordres mendiants qui venaient de naître. L'esprit missionnaire, il faut souligner ce fait nouveau, l'emportait sur la volonté de convaincre par la force.

Jean de Plan Carpin, malgré son grand âge et les nombreux périls de ces contrées inexplorées, finira par atteindre la capitale mongole, Karakorum, en juillet 1246 et sera de retour à Lyon le 3 octobre 1247. La réponse adressée à Innocent IV en langue tatare, traduite en latin et en sarrasin et datée du 11 juillet 1246, fut d'une stupéfiante arrogance, le Grand Khan exigeait purement et simplement la soumission du Pape. Celui-ci ne fut nullement découragé et continua d'envoyer des ambassadeurs dès janvier 1249.

Des négociations destinées à favoriser une entente entre l'empereur latin de Constantinople et son rival grec de Nicée furent poursuivies.

La paix avec l'empereur d'Allemagne ne put être rétablie : des contacts diplomatiques furent tentés, mais qui butaient toujours sur les positions inconciliables des deux adversaires. Seule la mort de Frédéric le 13 décembre 1250, suivie d'un grand interrègne chaotique, mit fin au conflit. Ces désordres de l'Empire favorisèrent d'ailleurs l'intégration de Lyon au royaume de France par Philippe le Bel en 1312.

L'archevêque Philippe de Savoie, refusant toujours les ordres majeurs, démissionna en 1267 et succéda peu après à son frère au Comté de Savoie. Il fut davantage un grand seigneur qu'un homme d'Église.

Jusqu'à sa mort, le 7 décembre 1254, le Pape manifesta de la gratitude envers sa cité d'accueil.

Sans doute en partie grâce au bon déroulement de ce premier concile lyonnais, un deuxième se tint dans cette même ville du 7 mai au 17 juillet 1274 sous le pontificat de Grégoire X. Il eut un rayonnement pastoral plus important que celui de 1245.

# Ouvrages de référence

– *L'Île Barbe, son ancienne abbaye*, Léopold Niepce, éditions Lyon R. Georges 1998.

– *La seigneurie de l'abbaye de l'île Barbe des origines à 1312*, Joseph Picot, Lyon 1952.

– *La spiritualité au Moyen Âge occidental*, André Vauchez, Seuil 1994.

– *Les ordres monastiques au Moyen Âge*, Marcel Pacaut, Nathan 2004.

– *Les papes du Moyen Âge à Lyon, histoire religieuse de Lyon*, René Fédou ; préface de Mgr Philippe Barbarin, éditions lyonnaises d'art et d'histoire, 2006.

– *Jean de Plan Carpin – Histoire des mongols*, Paris, éditions franciscaines, 1961.

– *Histoire de Lyon*, A. Pelletier et J. Rossiaud, éditions lyonnaises d'art et d'histoire, 2007.

Composition et mise en pages réalisées par
LG Compo - 28200 - Châteaudun
Novembre 2013

Dépôt légal : mars 2014
IMPRIMÉ EN FRANCE

Achevé d'imprimer le 10 mars 2014
sur les presses de l'imprimerie « La Source d'Or »
63039 Clermont-Ferrand
Imprimeur n° 16920

*Dans le cadre de sa politique de développement durable,*
*La Source d'Or a été référencée IMPRIM'VERT®*
*par son organisme consulaire de tutelle.*
*Cet ouvrage est imprimé - pour l'intérieur - sur papier bouffant 80 g*
*provenant de la gestion durable des forêts,*
*produit par des papetiers dont les usines ont obtenu*
*les certifications environnementales ISO 14001 et E.M.A.S.*